日常提問

目次

小說類

散文類

新詩類

硫酸瓶

小說類
首獎

明星辰

小李時常會想像自己捧著一瓶硫酸，裝在一個黃澄澄的瓶子裡，捏著它就像捏著一顆巨大又動盪的水晶球，瓶子裡的藥劑微微地波動，像大海裡面一艘船，眨眼就被浪打翻了，她總想把那瓶硫酸潑到誰臉上，「滋拉」一聲，世界就毀了。

想歸想，她並沒有任何動作。她本人很懶，連早上按時起床都做不到。她在一家市級醫院精神科做護士，實在是運氣好，幾百人報考這個職位，只有十個人通過了初試，她是第九名，後來聽說其他幾個人都有點關係，崗位卻只招一個人，她想隨便考考算了，最後卻招了她。

她覺得一輩子的好運氣，都用在了這場考試上。

雖然也覺得應該嚴肅點，卻總是無法認真對待工作，就像她對待人生一樣不認真。有時上班去遲了，也是一副不在乎的表情，醫院裡的人隱隱覺得這小姑娘大概和上面有什麼關係，誰也不怎麼說她，她臉上的不在乎就更重一層。

她和醫院裡那個男醫生很快就上床了，快到不可思議，她才剛去實習第一天，就搭上了他。

醫生是精神科主治醫生，姓單，現在胖了，但能看出年輕時是個漂亮的人，用漂亮形容男人似乎有些不敬，但他確實漂亮，眼睛不大卻明亮，鼻翼細細的，像一把刀豎在臉上，嘴巴又薄又翹，似乎一句話不對，立馬就會翻臉不認人。有時他照鏡子也覺得自己長得好，生成個男人可惜了。

他在醫院裡人緣挺好，他不常說話，也不站隊，這本來是很危險的事，但如果是單超，似乎就無法被責怪，不知道他到底站哪邊，兩邊似乎都覺得他是站在自己這邊的，也有人像端著槍一樣跟他嗆，他卻像打太極一樣，把那人刺耳的話再綿綿地繞回去。

他對病人的隱私極保護，對自己生活也是，對待一切人都有種冷漠的溫和，曾經有女病人跟他表白，很誇張的方式，鬧了一場之後就再沒聲息。也有影影綽綽的女抑鬱病人，靠在值班室門口望著他，一句話不說，他看見就點點頭讓她回去，那女孩就回病房去，之後再來，他一看她，她又乖乖轉身走了。病人出院了給他發訊息問怎麼增減藥量，他也認真回覆，每句話後面都有標點符號，只最後一句不帶句號。如果加微信，他根本不會通過。

他也奇怪怎麼會栽在一個小護士身上，本來只是一個小玩意兒。

那還是秋天，中午陽光很好，小李第一天去上班不知道要幹什麼，吃飯時護士長大姐很熱情地拉著她一起，單醫生排在她們後面打飯，醫院食堂裡人聲鼎沸，他坐得離她們很遠，一邊吃飯一邊玩手機，大姐熱情地說這說那，似乎一輩子都沒見過這麼親的人了，她敷衍地應著，抬起頭瞟了他一眼。

吃完飯她說自己肚子疼要上廁所，總算擺脫掉護士長，繞去了院子深處的一個樓梯拐角，從褲兜裡摸出來菸，還沒點上，就發現那個吃飯時不怎麼說話的男醫生站在樓梯上看著她。

她笑了笑，跟他招招手，他臉上一點表情都沒有，像飄下來似的，她仰頭把菸遞給他一支，他拿起來點著卻也不看她，她還蹲在地上，頭一抬就看到他的膝蓋在自己臉上邊，卡其色褲子上有一些毛絨絨的摩擦痕跡，她忍不住抬手摸了摸，他猛然低下頭，臉上還是那種冷漠的表情。

抽完菸他們就回去了，下午時他給她發微信問，還有菸嗎？

她回，有的。

他說，那晚上再請我抽一根。

當天晚上他們就上了床。

他開車帶她去賓館，她緊張得不得了，想去上廁所卻發現洗手間沒有門，很尷尬地坐在馬桶上，尿滴在馬桶積水裡，響徹山谷的回聲，她臉馬上就紅了，咬著牙在裡面坐著不敢動。

好不容易上完廁所，走出去看到他正坐在床上打電話，像是給家裡打的，他說晚一點回去要加班，那邊回了一句什麼，他不耐煩地嗯嗯嗯，一邊說著一邊拍拍床沿，示意她坐在旁邊，她就坐下了，他摸了摸她的臉，她臉漲得通紅，心通通通地跳起來。

他把電話掛掉了，她撐著往後坐了點，床像一個巨大的陷阱往下掉，小李用手撐著往後退了點，盤起腿喋喋不休地說起來，說自己怎麼長大的，家裡怎麼樣，說自己沒有這麼快跟人上過床，還說自己情緒有點問題，說不定上了床就又要犯抑鬱症了……

簡直沒完沒了，他跟她「噓——」，她閉上嘴，他就把她姦了。她趴在床上，浪在血色月光下的大海裡浮動，白色的床單和枕頭堆得很高，她像又回到醫院裡，一個安靜的醫院，沒有病人的醫院，好的醫院。

之後，她摸摸索索抖出褲子裡的菸遞給他，「你不是說要我請你抽菸，給。」

他坐在床上笑了，那是他那天第一次笑，然後他摸了摸小李的臉。

在絕對安全的狀況下，小李叫單醫生「爸爸」，她覺得他和父親這個角色很像，並不是指他像自己真實存在的那個父親，那個人不知道死去了哪兒，她幾乎從來想不起他。

單醫生總是管著她，為她好似地寵著她。她也知道這不過是控制和利用她，但當她叫他爸爸時，他的臉上總是會露出一種詫異但溫和的表情。

在醫院裡，他偶爾跟她說話，完全公事公辦的口氣，好像不認識她，只有她知道他瘋掉的那一面，一個溺水的人，從水面浮出來，呼出一口長氣，拉住她，辱罵她，她就抱著他叫「爸爸啊爸爸」，他「哎」答應一聲，答應得很溫柔，也有點心不在焉。

單超愛問她，你還和誰上過床？

她使勁回憶，把過去那些人一個個擺出來，隔壁班的同學，一個同桌，實習的同事，網友，朋友的朋友，火車上隨便認識的人……

她記性不好，總要他問才能想起來，但一問就全想起來了，她也覺得有點驕傲，自己還能這麼有魅力，明明只是個小護士。

單超問得很細，像問診一樣細，那人什麼樣，做什麼的，多大了，怎麼勾搭上的，床上是什麼表現，開心嗎……

她答得更細——

「不記得哪兒的，一點也不開心，莫名其妙，他想那就睡唄，助人為樂嘛，我不喜歡別人不舒服不高興……」

「他床小小的，鋪著藍色床單，床單上有很多毛球，用腳蹭很舒服，床就靠在窗子邊，我喜歡跪在上面貼著窗子往外看……」

「他一直不太高興，好像很生氣，還跟我說自己這個女人那個女人，我就說那又怎樣，他就更生氣了……」

「他白白的，我問他，你怎麼那麼白，他說，我本來就這麼白……」

「我覺得他大概對我有點用處，他也挺喜歡我，我還想呢，也許還真留在那上班呢，對吧？」

「也有點喜歡，他很厲害，我都哭了……」

「為啥哭了？」

「不知道，覺得不好意思，感覺他欺負我了，但也不是真的欺負我，他還抱了抱我。」

單醫生聽完笑笑地，罵了她一句，她也笑。小李笑起來就更單純了，一個單純的婊子。好像體內天生就住著一個小妓女，她越長越大，小妓女卻還那麼小，小得像一個瓷娃娃，她自己把那個娃娃往地下扔，每次扔的時候，都要更使勁一點。

碎吧，快點碎吧。

她時常覺得自己心臟難受，快要窒息了，尤其是和他單獨呆在一起時，她跟單超說過幾次，他很不以為然，告訴她，「不要總覺得自己心臟不好。但凡是個人，都覺得自己心臟不好」，她撇撇嘴，覺得身為一個醫生，說出這種話真不負責任，但是他說的，也只能認了，一邊想著一邊感覺心快要被捏出水了。

她知道自己是他的一個物件兒，一個隨便什麼東西，被他拿著捏著，她就由著他擺弄，但她早就成了型，為什麼還要被他再塑造？她始終沒想通這個問題，索性不想了，她讓單給她再買一副耳環，他就買給她。

耳環是一個搖搖晃晃的銀墜子，像是一把小冰錐，她把它戴著，趴在窗前想著硫酸的事兒，想著想著就睡著了，夢裡單超往她童年的家裡打電話，打通了卻什麼也不說，電流沙沙地響著，爸爸是一個模糊的影子，影影幢幢地坐在客廳裡，突然他的頭遙遙地碎了，那血卻恍恍惚惚從暗黃色撥號電話上浮現出來。

關於父親的回憶，是小時候媽媽哄她睡覺的時候，給她唱過的一首童謠，「寶貝啊寶貝，你爸爸過著動盪的生活，他參加遊擊隊打擊敵人啊，我的寶貝……」

她還那麼小，卻記得那歌詞，她爸爸在外面過著動盪的生活，她的爸爸到底是怎樣的呢？她始終不知道，他去外面過自己動盪的生活去了，他留下她，讓她也過著動盪的生活。

醒來的時候，下午班時間到了，護士長走過來，有點責備卻也溫柔地說她，「你怎麼還戴耳環啊？」

她嘿嘿笑了笑，把兩顆冰錐子拿了下來，放進口袋裡。

個人簡介

明星辰

明星辰，獨立撰稿人，策展人，寫書評／訪談／評論，也做點翻譯，詩和小說都是寫著玩，作品散見鳳凰文化／澎湃鏡相／三聯生活週刊／中國三明治／正午故事／蘇俄轉播／聲韻詩刊（香港）／詩・聲・字（台灣），策劃並參與二〇一九「BE WATER IN SQUARE廢屋詩歌展」（西安）／「大華1935・變形實驗展」等。

得獎感言

二〇一九年全國台灣文學營小說組有一堂課裡，巴代老師在講述如何處理小說中的次要人物，「次要人物過於生動時，你可以把她／他拿出來，寫新的一篇。」

因為這句話，才有了這個作品。

卡爾維諾在《新千年文學備忘錄》中提到了一個輕盈而又環環相扣的故事，講述了一個古老的「國王愛上戒指」的故事，我看著覺得很有趣味，於是寫了一篇，小李是在那篇小說中出現的——「她的臉上總有一種邀請的神情，像是一個客廳，誰都可以進來參觀一番，走進去時，才會發現時家徒四壁的破敗」，這是我在原本小說中對小李簡單的描述，而後我覺得這句話挺好玩，於是也想去這個客廳裡看一看，這個幽深的無所不包卻也沒人在乎的小客廳，她到底會是什麼樣？

二〇一九年夏天，我開始寫我人生中的第一篇小說，這是第二篇。我依然記得童偉格老師在課堂上的話，「寫作是一個宇宙菜市場，用一種宇宙等級的態度來對待它，仔細地研究它，寫作就並不孤獨。」

一個宇宙菜市場，我們在其中，孤獨或並不孤獨地，自顧自地玩耍一番，竟也極其幸運了。

鯨魚回到上海街

小說類
佳作

鄭思曠

吳鈺趕到的時候，大堂內所有人都望向他，陌生的臉龐上透著訝異。只有台灣親人口中的「土公仔」巍然不動，繼續以閩南語對牌位說著一大串的好話。他聽不懂，也不想問。事畢，土公仔將供桌上一疊五顏六色的衣物交給他，它們摸上去有股塑膠質感，像是低成本古裝片用的。

吳晶故去的身體就躺在牌位後，臨時搭建的黃布篷裡。祂身下壓著高低不一的黃色紙錢，任由旁人替祂套上衣服。衣物層層疊疊，將吳鈺本就稀薄的回憶擋在外面。祂倒輕鬆得心安理得，下巴的贅肉鬆垮，也層層相疊，另一小摞紙錢抵在那裡，將死者沒說完的話堵在裡面。

土公仔鄉音濃重，指示吳鈺為父親戴上清劇裡會出現的瓜皮帽。吳鈺忍不住端詳起眼前浮腫的臉。據說他是得肝硬化死的，蠟黃的臉再刷上一層白粉底，如同服裝店裡經年曝曬的塑膠模特般僵硬。吳鈺認出至親憑據，似乎只剩下下巴那顆長毛的黑痣了。

說是至親，但從吳鈺記事起，父親的存在感就像薛丁格的貓。吉光片羽的印象中，父親只是一雙偶爾抱起他的手，還有仰望時視野裡的一顆黑痣，他幾次想伸手拔掉痣上的毛，卻一次都沒成功摸到過。

吳晶在遺囑裡提到吳鈺這個獨子和他的母親，打算把天母的一處房產贈予他們作為補償，但寫的最多還是自己骨灰的處理方式。吳晶希望被灑進大海，說夏天時，東岸的黑潮會帶他一路向北，抵達38歲那年遇到吳鈺母親的地方——上海。彷彿經過那裡，他就能轉世投胎到過去，再做一次黃金年代的台商。

「想太多，海水最多把他沖到日本而已啦！」吳鈺同父異母的姊姊在當地經營兩家民宿，堅持要把父親放進家族墓合葬。

「嗯，還會污染海洋。」吳鈺應和。

「你真的不要遺產？」姊姊問吳鈺。

「不要，我不缺錢。」他按下衝動，沒有拿出兜裡的硬體錢包給姊姊看那串天文數字。簽下保證書，在對方失而復得的笑聲中，他再次踏進花東綿延不絕的雨裡。

他突然想去上海街看看。

這是吳鈺第一次來花蓮，但他從十六歲起就知道：花蓮有條上海街。

這句話最早寫在羅佳佳遞來的紙團裡，她的字體瘦削，每一道筆劃都如青春期少女抽個子般用力拉長。文字周圍，還勾勒出當時剛剛盛行的網路聊天軟體視窗。在此之前，吳鈺從未收到過羅佳佳的小紙條。紙團到他手裡時，似乎還散發著少女綻發的溫熱。他打開紙團，教學樓外開始下大雨。幾天後，大雨轉暴雨，暴雨又變特大暴雨。雨水沿山溪流進潛河，澎湃的洪流沖毀了校門口的新堤壩。在潛山這座南方小城，堤壩沖毀並不是什麼新鮮事，亦如在花蓮或者上海，突然下雨也不是什麼新鮮事。然而，一個精緻的上海女人帶兒子千里迢迢搬來小縣城開店，這倒是件稀罕事。

吳一綺接到對岸另一個女人的電話時，已經很久沒見過丈夫了。那個男人生意失敗後就人間蒸發，逼得她和吳鈺搬離徐匯區的別墅，擠進父母住的老弄堂。她在古美開了整整十年小店，終於還掉男人留下的債。掛掉電話，千言萬語在吳一綺口中醞釀，最終匯成「冊那」二字，她向來不擅長講髒話，連這兩個字都說得輕飄飄，它們隨牆面斑駁的黴菌一起，在上海梅雨季的潮熱中瀰散。當天晚上，她翻了一遍全國地圖冊，將所有行李塞進麵包車，第二天就拖上吳鈺，從上海開到了皖南小城潛山。潛山，潛山，聽上去來這裡就能潛入山野，隱姓埋名。幸好那個男人也姓吳，也省得她費神為兒子改姓。一個月過後，潛山多了一家上海佬雜貨鋪，潛山人都知道老闆娘有個台灣籍的兒子，在當地最好的高中念書。

吳鈺一開始不喜歡這座學校，除了羅佳佳，其他同學從來不會主動和他說話，但學校和班主任都喜歡他。「你知道老師為什麼喜歡你嗎？」羅佳佳領他逃了晚自習，從後山摸黑繞到附近三祖禪寺的外牆，「因為你能參加港澳台聯考，即使成績一般般，也能輕易考上985[1]。班裡多一個985名額，老師就多好幾千塊獎金。這裡可沒法和上海比，普通學生拼盡全力，能考上本科，家裡就歡天喜地了。」

沒等吳鈺回話，女孩三兩下就蹬上牆頭：「嘿！你想做什麼？」

「我想做一頭鯨魚，沿著潛河游進長江，再從黃浦江入海口遊出去，一路向南到花蓮，看看我爸到底長什麼樣。」吳鈺說得一本正經。自小他就好奇父親是什麼樣的人，但吳一綺總是回覆他同一句話：你爸死了。

「我是問你，以後想做什麼職業啦！還有，你應該說『鯨』而不是『鯨魚』，鯨是哺乳動物，不是魚類！不過你這人，真特別啊……」生物課小老師羅佳佳坐在牆頭咯咯笑起來，瘦小的身體在寬大的校服裡晃動，腳上穿著她爸出差買回的愛迪達運動鞋。在吳鈺眼裡，她比上海國際學校那些穿制服裙的姑娘更美。

吳鈺爬上牆頭。月光清冷，女孩的嘴唇卻溫潤柔軟。不遠處療養院裡的狗叫起來，更遠處農戶家的狗也叫起來，一隻接一隻狗叫起來，連成一片，響徹山野。

---

1 「985（院校）」，指中華人民共和國教育部為建設世界一流大學的一項教育計畫，至今包括三十九所頂尖大學。

哪怕分手了，羅佳佳仍是吳鈺心中可遇不可求的女友。和羅佳佳這樣的女孩交往，意味著每天都有新東西出現，有些東西看似曇花一現，實則深紮進他的生命裡，靜候某日破土而出。

中學畢業後，吳鈺考進上海郊區一所985大學讀生物工程，又隨波逐流讀了研究所。畢業那年，其他同學都在發愁工作時，他卻在法租界一所洋房裡，對著一群上市公司高管滔滔不絕：「群居動物中的切葉蟻遵循社會互動和化學氣味交換訊息，形成地球上僅次於人類的最龐大且複雜的動物社會系統。比特幣代表的區塊鏈技術也是通過區塊與區塊之間的驗證，構成分散式的點對點網路系統，具有去中心化、不可篡改、不可偽造等核心特徵。這是我的硬體錢包，裡面是我大學在宿舍挖的比特幣，這還要感謝我的前女友教我……」每當他對著昏昏欲睡的觀眾展示那個黑色小方塊，人們總會湊過來數小小螢幕上有幾個零，發出驚歎，爭先恐後把他所有的社交帳號加滿。

市場有一個專門的英文單詞形容他這種人：Whale，鯨。巨鯨浮出海面，對於浮游生物是驚濤駭浪；鯨落之時，滋養一方海域。數年前陪羅佳佳挖的比特幣，如今竟成了吳鈺安身立命的最大資本。擔心找不到工作的生物工程碩士搖身一變，乘風而起，成為炙手可熱的投資顧問。「他不就是有幾顆破比特幣而已嗎？要專業沒專業，要資歷沒資歷！」偶爾也有人如此嗆聲。

這一年，他到過無數次台灣，但限定台北和高雄。他的江浙口音和不時蹦出的上海話，常讓對岸的朋友笑他是個假台灣人。但他們總是變著法子帶他一起開心。陌生的肉體在他周遭的燈紅酒綠中扭動，年輕女孩握住他的手，他也任由她們那麼做。手落在對方胸前那兩團柔軟溫熱，他睜著眼，根本分不清身處台北還是在上海，抑或什麼別的地方。但閉上眼，他總會想到羅佳佳，想起犬吠聲此起彼伏的那一夜，她對他說的話，還有吳一綺千篇一律的「你爸死了」。

關於台灣，他記得最深的人不是父親，而是一個叫張雨馨的女孩。他第一次來台灣，張雨馨到桃園機場接他，接下來像照顧小孩一樣對他無微不至，就差沒有二十四小時陪護。他能看出張雨馨對他有好感，而他也難以拒絕這種女孩，她神似某個嫁到大陸的台灣女星，笑起來眼中就像帶著花束溫柔的雨日。等他知道她就是花蓮人的時候，已躺在文華東方的套房裡。「你來自上海，我來自花蓮，花蓮有條上海街，那是我出生的地方……」

吳鈺記不清自己做了什麼，準確來說是什麼也沒做。那一夜扯謊說的理由發揮了他近年來最高超的演技，花蓮女孩才終於哽咽出最後一個問句：「你可以抱抱我嗎？」他抱著她闔上眼，一夜無夢。再睜眼時，她整裝待發，又變成那個眼裡帶笑的張雨馨，叫了一台車，送他到桃機。往後很多次在台灣喝醉，他仍會撥通那個倒背如流的電話，聽著軟糯的女聲，不知不覺，沉沉睡去。後來，他收到她說要結婚的消息，感謝他在她最不相信人性的時候，讓她知道依然存在有原則的人。吳鈺還是想不起自己說過什麼，只好回覆她別想太多。按下發送鍵，眼睛閉上，回到上海弄堂陰暗逼仄的公房，「你爸死了。」吳一綺一邊用鈍刀切著豬肝，一邊對七歲的兒子說。

等二十七歲的吳鈺見到父親，父親真的死了。

他站在花蓮上海街的路標對面，上半身倒映在路口的圓形凸面鏡裡，前方媽祖廟的上空，灰白色巨大雲團在醞釀下一場雨。他在上海街上來回踱步，終於在一個人家門口堆放的花盆間，找到一個小垃圾桶。那塊黑色的電子物件從他手裡拋出，沿預設的拋物線落進桶裡，咚的一聲響，濺起水花。

又下起更密集的雨點。吳鈺沒再閉眼，繼續朝上海街的盡頭走去。很快，他跑起來，調轉方向，回過頭跑起來，一路跑到浸滿水的垃圾桶，在路人異樣的目光下，掏出剛剛扔掉的東西，將它放回上衣的口袋裡。

所有濕漉漉的光景裡，吳鈺覺得自己變成了一頭鯨，不是魚，只是如魚得水般在水裡游。

個人簡介

鄭思曠

比較文學碩士，研究中法詩學比較和法國科幻，教過外國文學課，從事過金融業，如今是科技平台的創辦人，幾乎沒有週末，文學創作屬於通宵達旦的精神整理與休息，但產出不穩定，很希望有朝一日能擁有王定國老師那樣的平衡力。

得獎感言

二〇一九年，荷蘭發起藝術活動11 Fountains，十一位國際藝術家在十一個城市創作不同的噴泉作品，作為象徵社區意識的新文化遺產地標。哈靈根曾以捕鯨業為生，於是藝術家和開發者結合區塊鏈技術，在海港放了一頭以假亂真的等身抹香鯨模型，開發者稱，其靈感也源於whale一詞在加密市場的獨特含義。世界各地的人都能捐贈加密貨幣到基金錢包，通過直播視頻即時看到鯨噴出十八米高的水柱，而路人並不知其背後的原理。

參加文學營前，我寫了關於這頭抹香鯨的科普故事，但編審告訴我「不應該說鯨魚，因為鯨不是魚類」。幾天後，飛往桃機的路上，無數畫面在我腦中閃現，最終，抹香鯨出現，噴出的水柱將畫面擊碎。落地後，碎片化為小說。很高興能獲獎，靈感源於技術之美，最終在小說和隱喻中復歸。

灰雨

小說類　佳作

黃筱嵐

站在頂樓的鴿舍上，八歲的她仰頭看鴿群逆光的剪影正以父親為中心點，一圈圈地盤旋飛著。每當有鴿子減速準備降落，父親便會揚起手中的紅色大旗，凌空揮舞驅趕，旗幟如赤色海浪在天際翻騰，風聲切切……這樣的訓飛對將要投身競賽的幼鴿們來說，既是鍛鍊也是馴服。父親告訴她，唯有最強壯又戀家的鴿子才能在比賽中勝出。

傍晚的天色逐漸由藍轉變成其他更難形容的色彩；煙粉、鈷藍、靛紫、蒼灰……變換流動，直至光逐漸褪去，除了黑雙眼無法再辨識任何顏色。夜降臨，鴿舍的騷動漸漸停歇，身世輝煌的名種鴿正孕育著血統珍貴的下一代，以及父親明日的希望。

送行的那一路，她都低著頭。與其說是難過，倒不如說是愧疚，因為她的眼睛像乾涸的河床，沒有眼淚就算了，甚至連濕潤都稱不上。辦完父親身後事的隔天，她告訴母親自己應了個在澳門的工作，一週後啟程。母親別過頭去看不見臉上的表情，只喃喃的說：「你們父女倆怎麼都一個樣，總是想到什麼就做什麼……」

一樣嗎？她定定看著父親靈前的照片，想該怎麼跟傷心的母親說其實自己並沒有想像中難過？為了逃離這樣的心情，她選擇離開……

那時澳門榮景正好，龐大的就業市場吸引不少台灣人前去。剛來的頭一年，下了班她偶爾會跟同事阿德到「公廳」溜達。他們管酒店一樓的賭場叫「公廳」，只要是成年人都能隨意進出並在這玩上幾把的地方，早她幾個月來的台籍同事阿德，熟絡的領著她穿梭其中，還不忘回頭告訴她哪張檯子旺，特別容易贏錢。對隻身到異地討生活的阿德來說，在將每月薪資幾乎全數繳回給妻小後，還能用手邊僅有的一點「所費」博個好彩，並不是件什麼需要遮掩的事。

離開公廳上樓，或往賭場更深的地方走，穿過錯綜複雜的甬道川堂後，所抵達的是一間間掩蔽在奢華門片後的貴賓廳——她工作的地方。

酒店裡的貴賓廳，均各有所主，是獨立經營的個體。兩者就好比百貨公司與櫃位承租者，只不過在這要「認領」一個廳，並不像百貨櫃位只需按月上繳固定成數的營收那般簡單，除了須先繳交鉅額的保證金外，每月象徵賭客、賭資與籌碼流通狀況的「洗碼數」還必須達到合約內所規定的才行。在公廳理所有的博弈，都是由賭場做莊來和客人們對弈，進了貴賓廳後，便是廳主和客人間的輸贏，若是遇上手氣好又敢贏拼搏的豪賭客，身家不夠雄厚的廳在一夜之間被易主是常有的事情。

她們宿舍在酒店附近的一個新落成小區裡，沒在地震帶上的建築總盡其所能地往上蓋高，每每從高樓層窗外望出去的天色，總教她想起童年陪父親訓飛時的晨昏變化。上高中物裡時她才知道那些變化，不過是一種名為「瑞利散射」的作用。那雙眼所見的天色，不過是光的波長遇上了空氣分子散射而顯現的，什麼天藍、煙粉、鈷藍……都只是形容詞罷了，沒有那種東西。但儘管心知如此，她仍舊著迷天色，如同她周遭的那些人，明知這座城似錦的繁華，全來自人心裡的投射，卻還揪著一線希望不肯離去……

當競翔歸來的鴿子一進入鴿舍，等待在側的父親會立即按打鴿鐘，捉起放籠後親自或由友人提著，連同鴿鐘儘速送至最近的支會，每趟比賽均有限定歸返的鴿隻數量在幾隻內即結束比賽，因此每分鐘都不容耽擱。

賽制分成五關，能在規定內成功歸返的鴿子，才有資格晉級下一關，越到後面的關，因所需返回的距離則越遠，要克服的地形障礙也相對更加險峻。層層淘汰後能勝出的鴿子，往往僅有一兩羽，更多時候則是全軍覆沒。

她家鴿舍在頭先幾關總擠滿了插組一起比賽的人，每當拿著望遠鏡眺望的父親回報即將歸返一羽時，便會引來大夥的興奮騷動，老公寓頂樓的木造鴿舍因眾人的奔走踩踏止不住地岌岌搖晃。隨著挺進的羽數越來越少，聚集在她家的人也開始逐漸散去，此刻緊張的氣氛已然不再，取而代之的是一種無盡的緩慢等待。最後鴿舍裡只剩父親仍在等著，像等一個岌岌搖晃的希望和心中不斷預演過的勝利景象……

「頂樓的那些鴿子要怎麼辦？」臨行前陪母親辦妥了拋棄繼承與父親的除戶後，她問。

「看誰要就全部抓走吧……」母親搖著頭無所謂的說。

半年後她再返家，頂樓的鴿舍與那些被父親視之為珍寶的鴿群們早不知去向，她跟弟妹以及母親……全都沒人問起，只知陸續有人上去，有的抓鴿子、有的拿設備……然後在一個不會驚擾到大家的白天，她家樓下來了台吊車將鴿舍直接吊起載走……從今爾後，她和家人不再跟鴿子有任何關係。

究竟是先有鴿？還是先有她？身為長女的她，其實也不清楚。反正童年的記憶裡，鴿子咕咕的叫聲是從未停歇過的主旋律，而她們這群孩子反倒像是配樂，襯托著父親生活的大不易與閃閃發亮的賽鴿夢。

年幼的她曾是父親唯一的聽眾。她總愛趴在客廳窗口，看父親提著鴿籠上下頂樓的鴿舍，或尾隨而上陪著訓飛、餵食……他教她分辨公母、教她抓取的手勢、教她如何「刷……」一聲地，將鴿翼開展如一只扇。她甚至記不得兩個妹妹出生時的情景，但卻記得那些被父親托在掌中的鴿子蛋是如何孵化、馴養、然後戴上象徵身分的腳環，聽父親細數著牠們父母的輝煌戰績與身世。那時家裡的第四個孩子才正要出生，可談起那個母親跑遍全台神壇廟宇好不容易求來的她的小弟，父親臉上的光彩卻遠不及他手上的那羽名門之後。

那樣的光彩一直到她來這裡工作後，才又在許多人臉上看過。初來時常帶她在公廳悠轉的同事阿德素來是個節省的人，卻突然地先是換了隻漂亮的新錶、然後又說要請大家吃打邊爐……一群人吃喝之際，她見他臉上出的油混著汗正泛著光暈，興奮地高聲述說自己最近的好運，如何以小搏大的為自己添了不少私房錢，那臉上的光彩她竟一點也不陌生。

接下來幾個月，同事們下班後的生活開始變得精彩，大夥跟著阿德先是到各酒店公廳裡玩上幾把後，整群人再轉去喝酒唱K、吃夜宵……但那次後她便不曾再參與這樣的聚會了。直到某天本該來接班的阿德遲遲沒有出現，一起同住的同事回去察看後才發現，阿德趁著大家上班時款走了屋內所有的錢財，跑了……

阿德跑了，而他在台灣的妻小則是一直到被通知才知道的。他妻子充滿歉疚難過的說，阿德早已好幾個月沒給過家用，她們除了靠娘家接濟外，實在無力償還阿德闖下的禍。

春季賽事已來到最末關，只要能在失格時間前歸返，哪怕僅有一羽，都能贏得鉅額的獎金。為了這高達千億的獎金，父親整日從餵養到訓飛……無不用盡心思，各種她從未曾聽聞過的營養素與補品，全都成了賽前的秘密武器，甚至常天未亮就提著鴿籠出門，為了訓飛足跡遍及整個西南部。

賽前最後一次訓飛隔日，即將臨盆的母親將她與兩個妹妹交由父親看顧後，便隻身去醫院生產。母親出門不久，一通電話讓父親頭也不回地丟下她們，急衝出門。寄託著父親全部希望的那羽鴿，再歸返途中被擄，對方按腳環上的資訊來電勒索贖金，那是父親的命、更是他全部的心血跟愛……

至於那個獨自在產台上奮力娩出既是么兒也是獨子的她的母親，若是知道自己的丈夫為了營救一隻鴿子而拋下三個幼女，那伴隨著新生啼哭而奪眶的淚，或許便不再是因為喜極，而是為著丈夫即將投入的一場場無盡賽事而流下的絕望之淚吧……

數天後父親帶著遭擄的鴿子返家，但奄奄一息的鴿已無法參賽。對一生只能參賽一次的鴿子來說，中途棄賽無疑代表著競翔的生涯已經告終……今後將不會再有人記得牠的名字、眼瞳與側臉。那次後所有的賽事從陸翔轉為海翔，可海翔所面臨的各方條件又遠比陸翔嚴苛，適合的鴿種必須重新挑選培訓，為了圓那曾一蹴可及的夢……父親頭也不回地往裡頭栽，為了求勝甚至瞞著妻子偷走了房地契，而她也從跟在父親身後的跟屁蟲，一夜長大成了母親照顧新生兒的幫手。

交班的同事站在她身旁叨絮說著當班時所發生過重要、與不重要的事。雖然櫃上有本交接簿，但若遇上一把亂帳寫不斷、理還亂的客人，或賭局早已陷入膠著，正沒日沒夜地找錢、拿碼、賒帳、再找錢、再拿碼……這類無限循環的事跡，沒這樣巨細靡遺的交待一番，真的難保不會在哪個環節上有所閃失。加上自從阿德的事情過後，同事們都格外小心，公司也公佈禁令不准同仁下班後在各公廳流連，違者開除。也因如此，現在只要聽聞一點疑似的風聲，便很輕易在同事間漫傳開來……

關於王媽的來歷總是眾說紛紜：有人說她年輕守寡，本是靠夫家留下的幾間房產收租，扶養女兒長大。後來因著手上的房地有捷運路線通過而翻漲成金地段的金店面，讓孤兒寡母的故事如今鍍上一了層金。也有人說她曾是被富商豢養的酒國名花，色衰愛弛後拿了筆為數不小的分手費，帶著獨生女移民，隨著孩子大學離巢，百無聊賴的她於是搬回台灣，在麻將桌上結識了這圈子裡俗稱「線頭」的掮客，爾後便開始走跳各個賭場。甚至聽說她乃名門之後，失婚後靠娘家的財產與前夫的贍養費在股市上萬點時，替自己搏了點身家，至於最後是怎麼從流連號子到浮沉百家樂的牌桌上，其實兩者也不過是一個轉身的距離罷了，沒什麼好深究的……

無論哪個版本為真，她所認識的王媽其實和多數在這打滾的賭客沒有什麼不同。剛來的時候光鮮體面，上了桌談笑風生，下了桌平易近人。但隨著日子久了，再怎麼新鮮的秀和表演、摘再多顆星星的美食、再怎麼時髦的當季新款都勾不起王媽的興趣，激不起半點慾望的火花。只有當荷官掀開牌桌上閒莊兩家底牌的瞬間，她才能感受到瞳孔放大、心跳加速、全身毛孔盡開的興奮刺激感受。

牌路好的時，王媽手上的籌碼多到都能沿著桌緣疊成小丘，連站在邊上圍觀打鳥的人都能跟著贏上不少，但王媽老想再多贏一點，總是捨不得走。遇到牌路不好的時候，每被咬走一注，她的心就像跟著被咬了一口似的疼，就更走不了了。這百家樂的牌局，博得不僅止是運氣、更多時候也是在檢驗人性，只要一個貪圖軟弱，那再雄厚的身家也經不起這種小雞蝕米似的蠶食。王媽簽下的帳開始一筆筆疊加，金額逐漸從一台進口車的車價累積至足以購入一套房的數目。每當帳已經簽到不能再簽時，王媽便會消聲匿跡一陣子，待風聲過去換個名字又現蹤在其他廳裡……

就這樣兜兜轉轉，隔了大半年王媽又晃回了她工作的廳裡。聽說這趟出來，她先是賣了手上僅剩的股票、再抵押了房子清完前帳後，廳裡才勉強願意接的。王媽的頭髮更白了、背也更駝了，上桌後除了咖啡是一杯杯的點，幾乎不見她進食，那間訂了兩晚的房，只有剛抵達時曾進去放了行李，便再也沒踏進去過……等該退房時，還是她差同事上樓幫王媽將行李提了出來。要送機的車也反覆改了好幾次時間，最後延到眼看已趕不上班機，索性連班機都往後延……就這樣一班延過一班，一天又延過一天。

大家開始輪番地勸王媽回家，聽主也說不再給簽帳跟籌碼了，可只要王媽手裡還有一枚籌碼在，就還有堅持的理由與希望，後來她開始不理人、不交談也不接電話……任何人的關心探問都被視之為干擾。這期間王媽的獨生女數度來電，沮喪的希望能和自己母親說上幾句話，可王媽總推說沒空……女孩在電話那頭哭著說，自己被男友傷得心都碎了，只希望媽媽能跟她說說話，給傷心的她一點安慰。然而在無數通的未接來電與未讀訊息後，最後王媽選擇關上手機……

辦完拋棄繼承的那天，母親告訴她家裡的房地契早被父親偷拿去向朋友質借，本以為在最後時日裡，父親會將這些過往的借貸來去做一個交代，沒想到當時病榻前還尚能言語的他，只勤忙於電話遙控這季該派哪隻鴿子參賽，對過往的錢財與債務卻始終隻字未提。母親等了幾個月，等不到債主上門……於是重辦了新的房地契。在某天的夜裡，傳了封信息給她，裡頭說：這些年一直活在債主找上門，或隨時連遮風避雨的家都可能失去的恐懼中，而今終於能不再擔心受怕，踏踏實實的活著了。

踏踏實實嗎？她每天上班腳下踏著的金碧輝煌，是由多少人的身家堆砌而成的……

這樣的日子，她能算過得踏踏實實嗎？

回台休假返工的同事翻拍了機上的報紙給她，社會版的角落報導一則年輕女子因感情因素於家中輕生，在陳屍多日後才被從澳門返家的母親發現的新聞。

她沒再往下追問……在這裡所發生的故事，她總希望能少知道一個是一個。

那次後，儘管她曾聽聞有人在某個公廳裡看過很像王媽的人，但卻她再也沒見過王媽……

宿舍裡除了她空無一人，週五的夜晚，就算禁止了小賭怡情，也禁止不了年輕人四處去消遣找樂子……她一手拿著手機滑，一手電視搖控器隨意地轉著，當頻道接到Discovery時，紀錄片的畫面吸引了她。

海上搖晃的船隻層層疊疊地載滿了籠子，當蜂鳴聲響起後籠門盡開，數以千計的鴿子衝飛出來，在天空中聚成一朵灰雲。然而隨著飛翔的距離越來越遠，體力不支的鴿子開始墜海，剛開始只有一隻兩隻，到後面整個影像裡只看見漫天灰色的鴿雨落下……海面上漂滿溺斃的鴿，引來魚群搶食。

逆著電視螢幕的光，她駝著背，肩膀無聲抽動……

是剪輯？還是她記憶裡那些鴿的啼叫與眼瞳在作祟？

她想起那曾泛在父親臉上的光彩，那晚她哭得彷彿自己是隻失格的鴿，墜落在這城市虛無的霓虹燈海裡。

個人簡介

黃筱嵐

台北人，曾就讀中國文化大學哲學系，現就讀東華大學華文文學研究所。

當過上班族、站過專櫃、賣過傢俱與房子、出版過《親愛的阿米爾主人》，現職不專業會計與兩個孩子的母親。

得獎感言

這是一個女兒想送給她的母親與已在天上父親的故事。
而這也是直到她自己當了母親，才有辦法好好面對、整理言說的故事。
在著手書寫的過程裡，她發現原來自己與母親從來都沒有真正的懂過父親；她們從不懂他的堅持、喜好、夢想與各種感受……甚至不曾想過他是否寂寞。
一如父親也從未懂過她那樣。
那始終的不被了解的人生，是種怎樣的孤寂？
可惜她已沒辦法回溯時光去了解。
感謝印刻文學與評審的老師們，讓這個故事有機會被敘說、被看見……
謝謝已在天上的父親和一路以來默默給予支持的母親。

除刺

小說類佳作

吳浩瑋

宛如暗房。

像是進入某種海洋動物的巨大腔體，那些燈管如同黑暗中的螢光骨骼，隱隱散發著詭譎的色調，如夜店般的洋紅與靛藍交映，時時渲染著令人不安的氛圍，神秘得恍若一場濃稠黏膩的大霧。很難想像這種略帶幾分哥特式恐怖的倉房，對桀宇來說，是一走進，便能感受到前所未有的平靜，帶給他安寧的空間。如同自己被這倉房給深深環抱著。桀宇喜愛在進房之後，就把門鎖緊，宣誓自己才是這裡真正的主人。黑暗中一切都顯得未知而渺小，只有那些燈管暗示了倉房的偌大。這間倉房的用途明確，仔細一看就能發現那些燈管真正描刻的輪廓，是下方的水，流動著的水——一箱又一箱的水，水的外緣是玻璃封箱，堅硬筆直的線條，細細折射出封閉的雛形，而在這玻璃箱中，能見到最底部有一陣黑暗窸窸窣窣，那群黑暗富有生命力，在霓虹光中湧動，身上圈狀的斑點，讓玻璃箱一次翻動，如一場密謀。

又或者該說，這些並非玻璃箱，而是水族箱。裡頭豢養著黑暗的水族，那些是桀宇一生待如心腹的生物。

桀宇剛應酬完，身上仍有酒酸味，他恍惚地轉動著頭腦，身體僅餘一點力氣，酒精讓他顯得分外滑稽，在這空間中正如同小丑，他一步卡著一步，緊繃的西裝褲讓他肚腹一陣刺癢，他索性解開皮帶，掛在了一旁的椅子上，他早已熟透這裡，一片黑當中仍能保有空間感官，就算意識迷糊不清也毫不例外，他通紅的臉在燈光照耀下，形似惡靈，踏著隨時都有可能摔跌的腳步。

「已經不像以前那麼會喝了。」桀宇已是四十好幾，即將邁入中年。以前，壯年的他，每每公司跟客戶應酬，他都是負責載其他同事回家的，當年酒量相當好，如今卻淪落到非得同事把他硬拉上計程車，才能順利到家。而，到家，對他而言的意義也只有這件事情而已——他湊近第一個水族箱。往裡頭一瞧，在他模糊的視線當中，那是奇異如星圖的景色，染上異彩的黑暗，像外太空滾湧的星雲。這些不屬於世間的美麗事物，其真面目是魟魚，而且是名為皇冠魟的品種，也有人按照其花紋稱之「滿天星」。牠們有著如少女裙襬般搖曳的外廓，以及成色清晰的白色圓點花紋，多屬夜行性，嗜好昏弱的燈光，沉沉浮浮，飄在水中如一塊過重的布料，水族箱面積大，至少有十來隻魟魚在水缸底層，如一張張漆黑魔毯。桀宇扔進去的白蝦肉，一撲上去，便吞下一塊，旺盛的食慾是健康的證明，黑洞似的捕食技術總讓桀宇看得目不轉睛——忍不住屏住呼吸，默嘆那無與倫比的正確與美麗。

這些都是種魚，是強大而堅韌的母魚，牠們性情急躁，桀宇能感受到牠們強大的費洛蒙，連他都忍不住想像自己跟魚群交尾的過程，他伸出雙手，將雙手都浸入水中，一陣冰涼奪走他的體溫，這是魚塭必須精準的溫度，如常，他再度確認了下溫度計，指針依舊漂亮地落在三十度上，酸鹼偵測器也是完美的pH 6.35，他總在此時有種自己打造了一箱天堂的錯覺，他是這一群美麗黑色天使的創造者，魟魚有魔鬼魚的別稱，他撫摸著牠們柔軟的鰭，倒覺得這是天使的裙翼。緊接著，他把手伸至魟魚下腹，撫摸著極其柔軟而滑膩的觸感，沿著牠們的腮，側胲，最後是尾部，他在尾部撫摸著被裝有塑膠管的刺，那些都是倒鉤的毒刺，分泌著毒性高的黏液，幾個月會掉落，並長出新刺，他必須做的，就是為這些刺塞上長長的塑膠管，好防止在撫摸他們時，被反噬。

魟魚是如此正確的生物。

牠們跟人類不一樣，牠們生來劇毒，卻有著正確的毒。牠們不像人類，牠們的毒是用以獵食或防身的，鮮明的尾刺，週期性的更替，從不把毒液浪費在攻擊同類上。並且，牠們的毒刺是能夠被消除的。人類的毒則是永遠被包裹在不可視的深處，沒有明確的形式或指向，連對至親的同伴都能恣意釋放，難以掌控且錯誤的生物。

桀宇喜愛魟魚，正如他厭惡著人類，包括他自己。他一生的心願就是能被自己親手養的魟魚毒死，並且成為牠們的食物，分解在牠們的消化器官當中。不過恐怕，屆時這些魟魚過一段時間也會餓死吧？看來要在訂定更具體一點的計畫才行，桀宇慚愧於自己是人類的身分，並開始設想死亡，他在某種程度上，比起活法，更期待能有戲劇化的死法。他繼續前往下一個水族箱。上方是螢藍色的燈光，把水波照得發銀，這裡頭也是同樣品種的魟魚，是一隻隻正處於發情期的公魟，他們搖擺身姿，身形較小，有著漂亮的斑點。今天，桀宇的任務，便是使這些魟魚交配，他端詳著每一隻公魟，他伸手觸摸，感受著這些魟魚體內，對繁殖的慾望，桀宇深信自己可以感知這些魟魚的想法，細膩的觸感從他手中滑過又滑過，他透過幽暗的水，找到公魟特有的交尾鰭，他探索上頭的皺摺，選定了其中一隻，就是他了，似乎已有成熟的交配技術。他拿出一旁的長柄撈網，將公魟一口氣撈上，置入原先的母魟水槽。

迅速地，一場動物界的性愛秀在桀宇面前上演。公魟先是尋索環境，側翼敲擊水箱，猙獰，散逸著獵人的氣息，感觸著水紋變化，嗅出缸裡劇烈的費洛蒙，牠終於發現這裡是母魟棲息之地——牠下潛神速，不用幾秒，就認準了一隻母魟——手段極為殘忍，公魟飛撲到母魟身上，像在獵食一般。水面不平靜，泡泡紛紛碎裂。牠遽地咬住母魟的裙翼，母魟淒慘地扭動身軀，掙扎似陷入流沙當中，公魟此時展現牠的威猛，持咬不放，並且左右搖擺，捲起層層波動，把母魟的身體嚙出腥血，邊緣堪堪破爛。淒慘而美麗——桀宇邊撫摸著自己的下體，邊觀看這一場盛大的交配。最終，洋紅的光束不再刺入清透的水面，水變得些許混濁，像是摻入沙塵，那是公魟放精的證明。

成功了。

從三十歲養殖魟魚至今，這段過程他不曾看厭。想起當初養殖魟魚只是為了掙錢而做的兼職，還記得有一段時間，魟魚市場發展蓬勃，每一隻幼魚都能賣到數萬，大型、花色更分明的，甚至有陸商願意出價台幣百萬向他訂購，每天要做的，就是一遍又一遍把魟魚毒刺剪除，出貨到各地。但這樣的風騷幾年後就冷卻，甚至說是崩盤，越養越賠錢，魟魚價格下跌如潮落，市場也飽和得快，一夜之間，先前透過魟魚掙的錢都沒了。當時桀宇才明白「分散風險」的道理，他環顧圍繞自己數不清的水缸，卻早已對牠們的正確性給吸引，不敢棄養。他只得靠著在小公司微薄的薪水，養活自己的同時，也試著養活這些魟魚。他在工作與魟魚兩邊跑，父母或朋友都唾棄他的生活水準低，甚至拿對魟魚不渝的愛來說嘴，這些人類惡劣又扭曲的嘴臉，這讓他下定決心，這一生只要魟魚就好——但也在有個無法割捨的輪廓，在他內心難以稀釋。

她的面容，她的身體。

想起她，桀宇全身都起雞皮疙瘩——那內斂的身體曲線，海浪質地的及肩髮，不沾染一點灰塵的皮膚，精緻的骨骼結構，溫潤的心跳與脈搏。

第一次跟她做愛時，桀宇甚至有了自己正在跟魟魚交媾的錯覺，舞團出身的她，擁有桀宇所要的，分明乾淨的肌肉線條，像是能隨時被拆解的一般，他喜歡在做愛時狠狠地咬住她的肉體，在她身上印下莓紅的齒痕，是馬蹄鐵烙下的所有權，桀宇喜歡激烈地抽動身軀，學習公魟暴力的前戲，在她因疼痛尖叫時，品嚐著征服獵物的刺激感。這樣的性癖似乎讓她受不了，可桀宇不明白，這是大自然最為寫實的交配方式——人類過分把性愛包裝成美好的東西，以至於產出惡魔一般的畸後代，如果愛是右臉，痛苦便是左臉，桀宇對這個想法深信不移，唯有激烈而痛苦，才能順利產出美麗的後嗣。

而最終，桀宇還是未能明白。她為何會背叛自己，對他展露人類的毒刺，那是桀宇無論用堵或是切除，都沒辦法取消的劇毒。

萬物都應該因為自己不是魟魚，而感到羞恥。

桀宇越走越後方，抵達倉房的末端。此處，燈光變得稀薄，從原先鮮豔的顏色，變成相當淡的藍光，溫度下降了一些，這個區域存放的，是幼魚與孕魚，他將方才受孕成功的母魚移入孕魚專屬的水缸中，水缸很大，孕魚在此受到頂級的待遇。桀宇看見剛交配完的母魟因疼痛以及懼怕，貼到了玻璃缸面，他觀看母魚身上齒狀的傷口，微微滲著血，同時羼雜精液，感受到公魟在她身上所留下的、無與倫比的強大生命痕記。

這缸中，有些孕魚已懷胎三個月，再等幾個禮拜就將要產下幼魚——魟魚是卵胎生的，是自然界最為精準的孕產方式，卵型胚胎在母體中得到滋育，最後以胎生的高存活率鑽出母體，他看著體型略腫的那隻母魟，頻頻胎動，透過燈光，能看到薄膜似的母體中，細小細小的胎魚，蛆一般蠕動的皮影戲。沿著這區域走到底，便存放著許多袖珍魚缸，裡頭是一隻隻待發育的幼魚，這批幼魚都必須先施打營養針，一段時日，才能進入大型魚缸中，可以說是一連串痛苦生殖過程的結晶。

桀宇來到了最後一缸。

但他早已困倦不已，酒精在他體內生熱，他滿臉通紅，襯衫在冷氣房中乾了又濕，身體冷得讓他以為自己快要結霜，身體最深處卻又燥熱得像是烤爐，內外兩種極端溫度，把他的精神一塊一塊地磨成細末，但儘管如此，他也非得要確認最後一缸必須無事才行。此處寄有的，是他養殖生涯的巔峰之作，是飼養魟魚的極品。此處無光，譬若深海一樣地黑暗，他特意製造這般漆黑的感覺，只為了在他一打開燈時，能見到天使的降臨——是的，若說剛才的魟魚是被比喻為天使，那此水箱裡的，便是貨真價實的上帝使徒。

桀宇按下開關。啪擦。

純淨透亮的白光一照，天使神聖的羽翼為之翩飛。

這些是白金色彩的美麗魟魚，是白子皇冠魟。白子在桀宇眼中，即是被上帝挑選出來的貴族，牠們生來脆弱，卻有著純度極高的白色，以及一雙深邃的血紅眼睛，背上本該是黑白相接的圓點花紋，此時被代換成白底金圈的妝容。他顫抖著，將手緩緩放進水槽，臨神似地望著水光折射裡，極品的生命，桀宇以為自己是神的使者，生來就是為了提供這些神物最高等級的服務，他甚至餵給牠們，自己所想得到最高等的食材。

當他撫摸這些白子魟時，甚至能感受到其心跳，有著乳房一般的觸感，有著她的觸感，理應要有她的觸感。桀宇永遠記得那一夜，她嚷嚷著要分手，「噁心。整天養這種噁心的魚，真噁心。」居然還說出了褻瀆魟魚的話來。

「怎麼能說這種話！怎麼能！」桀宇生氣地跺地，發狂一般，他想像公魟一般，頑劣地咬著母魟不放，直到母魟的身上印有一輩子無法抹除的愛之印記。

是的，這便是愛！這便是信仰自然法則所必要的愛，萬物都該遵循的愛！

「你一定是愛上了那個雜種，對不對！」桀宇放肆地吶喊，他早就在她的家裡裝遍了錄像鏡頭，彷彿在守候著她所生長的水缸，從視角的折射中，觀看著她，然而，卻也看到了入侵的雜質，雜質是個高大的男人，他有著出眾的外貌和肌肉，似乎也是舞團成員。跟桀宇此刻映在水箱上，一同豬玀的醜惡表情大相徑庭。桀宇不能夠接受，他在那夜緊緊摳住她的雙肩，不想讓她離開，她必須交由他飼育，必須懷有他的種。她是落難的母魟，要一輩子得到公魟沒有限度的愛，痛苦的愛。

然而，事實是，她故作情緒平定，卻在佯裝上廁所時，忘記了就連廁所裡，都被桀宇設置了監控設備。她撥打電話給那個雜種。同一時間，桀宇在電話接通之前就徹底想通了一件事情——要將人類的毒刺完全根除的唯一辦法，那便是把人本身給消滅。桀宇破開廁所門，一進去，就是對他最最心愛的一隻母魟，交配似，在她身上咬下傷口，不過這次，他使用的，是廚房磨亮的水果刀。

就在這時，桀宇的手心傳來一陣熱。

灼傷一般的熱。

燃燒，他發現自己的手臂正在燃燒。他往下一看，暈意全消，那是一根長刺，是魟魚的長刺，就這樣插在他的手心。怎麼回事？怎麼回事？他瞪大雙眼，看著一條條白子魟，優雅地沉浮，其中一隻，攻擊了桀宇，他掙扎地甩開右臂，但倒鉤的毒刺卻在皮肉上拉出更大的傷口，他如被電擊一般，手臂無法動彈，這時他才數一數魚缸中的白子魟，才驚覺，怎麼比原先的五隻還要多了一隻。

儘管這一缸魟魚是不分雌雄，安置在一起，但若他們有產下小魟魚，自己必然會察覺——他恐怕永遠不能明白事情的答案了。

他經驗老道，也不是第一次被魟魚螫，可是，他卻不知為何無法動彈，應聲便倒在水泥地板上，是身體裡的酒精作祟嗎？究竟是哪裡出了問題？是什麼地方出了錯？他慌張又著急，或許現在就是他的死期了。

死亡嗎？

他嘴角撇了撇，伸出手臂緊抓著水缸不放——就算要死，殘骸也要當成魟魚的飼料才行，這是他活著夙願，努力立起自己的身子，卻仍然不敵淹覆所有思考的痛覺。

最後，他想起了那日，將她的屍塊一刀一刀割下，餵給魟魚。

啊，或許是她死後化為自己深愛的動物來復仇了，或許是她身為人類的刺留在魟魚缸中，長出了新的刺，魟魚的刺，桀宇不打算思考，用這個想法定案，他已然沒了力氣，右臂在玻璃缸上拖著長長的痕跡，昏了過去。

在一片黑暗裡，看見了自己被金色的魟魚群給包圍，這些魚開始啃嚙他的身體，他清楚見到自己被一排排瑣碎的牙齒，與像是在嘲笑他一般的魟魚唇頰，包圍，吞噬，此際在他內心深處感受到前所未有的興奮。
他那人類的毒刺，也終於該被拔除了。

個人簡介

吳浩瑋

筆名吳彧。修業於世新大學圖文傳播暨數位出版學系。

二〇〇一，生於晚冬，常常因為生日跟村上春樹同一天而不小心得意忘形。

曾獲新北市文學獎、全球學生文學獎、東華奇萊文學獎、台積電青年學生文學獎。

得獎感言

安靜得起霧的午後，我從剛進食的胃袋裡翻找出一根刺。好長的刺，不可能是蜜蜂，那是什麼？恐怕是魟魚吧，魟魚的刺。魟魚，我想起畢業旅行，跟友人θ在蔚藍螢幕般的水族館裡懶洋洋如海星躺著，時間沒有節制地似曾相識，一切都好藍，像酒館，泛光的輪廓。對話大抵沒有意義，沖洗以後忘記。

那些魟魚鰭看起來好好吃，我說。

才不，她說。

忘記後來我們是怎麼吵架的了，那些互相遞送的日文歌和傷痛，搓熱的紙條和心事，深夜問候聲交談聲如玻璃，消逝像數不盡的破碎。破碎，我把手上那根毒刺掰開，裡頭很空，像齒縫，什麼都沒有——這段關係的渣滓卡得我好不舒服。

不知道她現在還喜不喜歡魟魚呢？

好想告訴她，魟魚真的一點也不好吃。

小說類得獎評審意見

〈硫酸瓶〉

童偉格

〈硫酸瓶〉從本屆參賽作品中脫穎而出，榮獲首獎的原因很明白：它的文字扼要俐落，幾乎沒有累贅描述、卻又不乏個人風格地，展示了作者對短篇結構的良好掌握能力。這種（也許太過）熟練的書寫技術，亦顯現在作者對「深化且延異主題」之必要性的理解：在絕對適切的篇幅五分之四處，它切入小說主角內心，帶我們看見總醞釀著要傷害外邊的什麼的她，其實，也「好像體內天生就住著一個小妓女」，而她矛盾地，期望自己能使勁摔碎內在，那尊一直長不大的瓷娃娃。對小說作者而言，從來難寫的「孤獨」這個泛題，也就在這矛盾直擊下，突破了全篇刻意滑稽化的布局，而被反向且深微地勾勒而出了。

〈鯨魚回到上海街〉

陳雪

父親去世之後，才真正開始認識父親，以及父親所在的島國。回到花蓮的上海街，在自己存在的上海以及父親所在的花蓮之間流轉。母親說父親早就去世，而真正的死亡要到他二十七歲才發生。行文間將主角的性格與鯨做連結，那總是飄忽的、不確定的、濕漉漉的時光裡，企圖記錄下來的，終於被記住了。

〈灰雨〉

陳雪

收斂而安靜的文字將父親生前沉迷於賽鴿的活動，與主角從事的澳門博弈工作見聞對照，彷彿送走父親後的悲傷延遲，要到自己也真正投入了另一種賭博，看盡人們為了追逐不可捕捉的夢想而閃亮、漸漸灰黯的過程，重新審視父親，也再一次經歷悲傷。結尾的鴿之灰雨寫美麗悲傷，非常動人。

〈除刺〉

童偉格

〈除刺〉的作者，以飽實而具象的細節描述，建構了一處「沒有窗戶的房間」：在那個「宛如暗房」、又像是「某種海洋動物的巨大腔體」之密室裡，小說主角桀宇，獨自豢養著身懷致命劇毒的魟魚群。「豢養」既做為固定主題，本篇情節發展，也就不令人意外地，回扣向桀宇的現實人際關係：他者總不像魚，能滿足他做為「豢養者」的期待；而那致命的毒刺，原來，也像長在他孤自一人的肉身上。所謂「除刺」，也就全程摹寫了一種祕密的酬償，或隱密的孤寂自死。有關桀宇的一切寓意，均在小說結語處昭然。也因此，本篇堪稱佳構，唯一可惜的是，就小說構作而言，缺少能出乎讀者意料之外的設想。

紅茶

散文類
首獎

向美英

「不好意思，打擾了，請問最近有看見陳小月女士嗎？」

「沒有呢，請問怎麼了嗎？」

「她過世了，我們警方目前正在追查……」

大約是十歲的我，畏縮地躲在父親背後，戴著黑框眼鏡、身材精壯的員警透露，找不出其他線索的話，就以自殺結案。牽著父親的手，我望向一旁的冰箱，紅色細長瓶身的冰鎮紅茶依舊在那裡，我開始回想，我所知道的小月奶奶。員警離開後，我打開冰箱門，把瓶身稍稍轉正，上次，小月奶奶是什麼時候來的，怎麼也記不起來了。

灰白色的頭髮被墨綠色的髮簪盤著，有相當多的皺紋爬滿臉龐與眼角，身材瘦小，手指纖細粗糙，不自主地顫抖，像是被遺棄在街頭的老貓，淡漠孱弱，這座小村從來沒有人在乎過她，她的存在輕得像一陣微風，輕輕拂過小村的每一株草、每一寸土，卻沒人感受過她在這個世界上的重量，連死亡也如此輕盈。

小時候的我曾進去過小月奶奶家，殘破的小屋蜷伏在小路的盡頭，被雜亂的竹林所包圍，但小屋前的雜草顯然是有被整理過的，短而平整，屋外有一台野狼一二五，所有者是小月奶奶的兒子。推開輕微歪斜的木製屋門，小月奶奶坐在右手邊的椅子上，公媽廳上有剛剛燒好的香，以及她早逝的丈夫。屋內沒有什麼擺設與裝飾，簡陋單調，看不見「從商店買來的東西」，彷彿小月奶奶從這裡開始的第一天起，這座小屋也誕生，並且被完整封存，在這個空間裡體積最大的是她撿回來一袋又一袋的回收物，與她已經四十歲的兒子阿義，回收物整齊乾淨的排列在袋子裡，有一袋感覺經過特別整理過的鐵罐，是小月奶奶的紅茶鐵罐與阿義的啤酒罐，紅色、銀色、白色、綠色，被安置在帶著灰白色透明的塑膠袋裡，不見飯鍋與菜盤，彷彿兩個人都倚靠流體維生，村裡的人們對於他們的認識不多，只說阿義與小月奶奶交談的時機，大多是身上的錢花光了，要拿她的補助款花用，小月奶奶從來不拒絕，臉上也不曾顯露出憎恨憤怒的表情，就只是默默起身，走去床頭的櫃子裡拿出鈔票交給阿義。

從小月奶奶家走到我家距離大約半公里，但她走起路來總顯得頗為吃力，從她的家轉彎出來，需要經過一個有些坡度的涵洞，若是騎著單車，需要非常用力地踩，才能成功上坡。她的步伐緩慢沉重，有時會帶著拐杖出現在我家。我家是村裡唯一一間雜貨店，來到我家，她向父親點點頭示意，伸出雙手握著冰箱的握把，再用僅剩的力氣將身體往後傾打開冰箱，在一排排的飲料罐裡，取出她每次買的紅茶鐵罐飲料，掏出十元放在結帳台上，再從吸管罐裡撿出一根吸管，打開紅茶罐，坐在冰箱旁的小椅子上休息，不發一語，飲用手中冰涼的紅茶，她休息的時間或長或短，十分鐘到一小時都有，全程閉著眼睛，若有所思，可她從不跟別人訴說自己的故事，時間到了，就再起身繼續往回家的路上。

在我有了關於小月奶奶的記憶開始，她移動的距離，從沒有超過她家到我家的路程。而她的屍體竟陳屍在二十公里外的海邊。

小月奶奶死後不久，碰——墜落聲劃破村里間的寧靜，阿義在喝完阿成伯家的喜酒之後，騎機車跌落水溝，地上劃出長長的剎車痕，村里間的鄉親說他喝多了才會跌到水溝裡，消防隊員與員警，沿著大排水溝一路尋找，屍體在接近下游處的涵管裡找到，據說是身體卡在涵管裡，頭部遭受重擊，一大片一大片的血被流水從身體裡沖刷出來，將清澈的溪水，渲染成紅色，血以風的形狀在水中流洩，當屍首打撈上岸，他的胸前綁滿了小月奶奶最喜歡的紅茶鐵罐。村裡的人們議論紛紛，有人猜測是不是兒子殺了小月奶奶，有人說道小月奶奶受不了兒子所以跑去自殺，阿義沒錢了只好投河自盡。但不到一星期，村人已經不再關心此事了，即使偶爾提到，也只是以「阿，沒錢就是這樣悲慘啦，一家人都因為沒錢所以死了」這樣作結。

十歲那年的我，從來不覺得小月奶奶是被阿義所害死的，而阿義也不是因為沒錢所以結束生命，因為在某一次找小月奶奶時，在窗戶外面看見，阿義在為父親上香，溫柔地用粗厚的雙手握著母親黝黑纖細的雙手，在耳邊輕語，小月奶奶微笑點頭，隨後阿義清洗著一袋又一袋的回收物。現在的我回想當時，他們的互動是如此自然且溫暖，彷彿小屋裡是另一個時空，與外面世界的行進速率並不相同，時間在這裡是被凍結的，他們就這樣在人們遺落的一角，自在地活著，就連死亡的方式也如此自在，不帶給世界一絲重量。

過幾年，我曾經想找小月奶奶最喜歡喝的鐵罐紅茶，詢問父親，當年進貨的紅色瓶身的紅茶叫什麼名字，父親說這麼久以前早就忘了，在網路上搜尋也搜不到了，就像是小月奶奶和阿義的死，沒有人因為在乎而牢牢記得。小月奶奶最常坐的椅子仍在相同的位置，卻再也看不見紅茶了，十歲，是我人生裡，第一次仔細思考人的生死，生的反面一定是死嗎？這個問題盤旋在我的小小腦袋許久，但原以為會一直銘記在心的事，卻隨著時光漸行漸遠了。

再一次直面死亡，是關於小直。小直跟我說，她要去登山，再次聽到她的消息，已經遇難身亡。那時候的我，只要想到一點點小直的事，淚水就會瀰漫眼眶。那天夜晚，微風輕拂，溫度落在使人體感到舒服的區間裡，十分涼爽。剛結束一個美國獎學金的會談，終於能夠將內心的緊張與慌亂放下，拿起手機告訴母親領到獎學金的喜悅，但點開手機螢幕，我的世界卻下起傾盆大雨。經過多日的等待，我為她豎立已久的耳朵終於接收到消息，如春雷，在我的心上轟然巨響，電話那頭傳來的是同學的哽咽聲，「找到她了，但已經過世了。」我像是在汪洋大海裡迷失的魚，終於在灰黑的海水裡，找到微光，以為能夠獲救，卻發現是人類精心設計的陷阱，她的消息像是魚鉤，深深插進我的喉嚨，破碎的、撕裂的，我說不出話。

在小直離開後的某一天夜裡，我突然想起了小月奶奶與阿義，帶著與奶奶愛喝的紅茶較為相似的鐵罐紅茶與阿義生前最常喝的啤酒，回到他們的小屋，小屋已被雜草纏繞包覆，曾經被修剪過的整齊的草皮已經不見蹤影，草的高度已超過小腿，除了蛙鳴與蟬聲，其它聲音細小而難以辨認，安詳平靜。我又想起了十歲的我，想起坐在冰箱旁邊的小月奶奶，想起握著小月奶奶的手的溫柔的阿義。

阿義身上的紅茶鐵罐，確切來說，是隨著阿義一起死去了，但卻也是一種重生，生與死在人的生命裡其實是反覆交疊的，互相包裹，生死不能以二分來簡單歸納，更不是以對立的關係存在在這個世界上，生的一切繞著死亡所旋轉，卻沒發現，死亡裡面含苞待放的是，另一個生的我。

「叮——咚——叮——咚——叮——咚——叮……」阿義的懷裡仍抱著小月奶奶的

紅茶鐵罐，鐵罐仍微微發出輕響，阿義並沒有死，小月奶奶也是。

個人簡介

向美英

向美英，一九九七年生於花蓮。國立東華大學華文文學系在學中。喜歡山和海和貓，喜歡一個人到處旅行。人生的志願是消除對於寫作的恐懼和膽怯，把熱忱提升到與愛貓同個程度，並且不間斷地書寫和閱讀，使其與生命等長。

得獎感言

感謝評審老師給予我的肯定與鼓勵。感謝印刻文學舉辦這次的營隊活動，讓我在文學裡的眼界更加開闊，獲得新的角度和向量去理解文學，能夠與這麼多老師交流文學、傾聽文學，是彌足珍貴的事。

〈紅茶〉寫的是深居在童年回憶裡的小月奶奶，她不斷地在我生命裡的某些時刻出現，如黑影一般，在一些時光陷落之處立足，卻給予我澄澈的光亮。這篇作品的誕生，是從高翊峰老師的課堂活動之後，我嘗試用文字捕捉了這些懸浮的影子，感謝老師的啟發。我想，書寫散文很重要的一點，在於「真」，能夠觸動人心的散文，都是作者最為真摯的真心話。

創作就像是生命裡發現了一些光點，文字將這些光點串起，啪擦一聲，點亮了蜷伏在角落的暗室，而我仍在不停地尋找這樣的微光，想把自己活得亮一些。

溫室裡正下雨

散文類
佳作

黃芷瑩

再次醒來，在時間裡夢遊。

窗簾緊掩一框天色，卻依稀透出了零落的雨聲，門前乾燥的滿天星睡著了，聽雨像在聽搖籃曲。我提起精神走出房門，卻怎麼也無力查看枕邊螢光幕上無情的時間。反正再怎麼看也無力改變。

習慣性的閉上眼，摸索著欄杆走下樓，像貪戀最後一絲睡意，懸著心感受赤裸雙足與階梯的摩擦和距離，我獨自一人，安全，安靜。真好。

向來是個懦弱的人，我的生活是倒著成長的曲線。孩提時期還敢在鎂光燈下扭著腰跳舞，對人們露出一口漏了風的燦笑，萬眾矚目，然隨年歲增長，我竟害怕起人群，倒不是什麼看透世間殘酷的陳腔濫調，我在相信世界戴著善良眼鏡的同時害怕，假想著世人對我的看法，每分每秒，像個小丑，獨自走在高空上的透明繩索，步步為營，每個人都看著，等著鼓掌或嘲笑。

「沒有人在意妳的，妳是那樣微不足道的存在。」我聽見自己的聲音，以及所剩的幾顆勇敢因子，明明比誰都明白，但在那些似有若無的眼神和呢喃下，我甚至忘了走路該有的姿態。於是我不敢點餐、不敢結帳、不敢搭公車，這是份無以名狀的恐懼，對於這個世界，對於自己。

母親不能理解我怎麼了。

我鬆了一口氣，對睜開眼後的孤獨莫名的心安。忽然想起那一次坐上的火車，剛上過體育課還穿著留有汗味的紫色運動服，我是那樣的討厭紫色，它刺眼的裝著優雅，在我眼中是太過浪漫的虛偽，就像連續劇演到男女主角在一起時我便本能的關上電視，「酸葡萄心理。」她諷刺的對我說。隨便，反正葡萄也是紫色。

後來我在列車上睡著了。

搖搖晃晃，顛簸在溫暖的陽光裡，半敞開的包包裡面裝著吃了一半的糯米飯糰。「如果不加油條和花生粉就不是飯糰了。」母親的笑臉和遞給我塑膠袋的手是那麼好看，她也有她的堅持。

睡了一覺後隱約覺悟了很多事，卻也全都不知不覺忘記了，或許是在夢境中被刻入骨子裡了吧！雖然想不起夢的內容，甚至我可能根本沒有做夢，我仍想這麼相信著。身旁坐了一個中年男子，微胖的身形像極了學校裡某個國文老師，迷糊之中，我沒辦法辨別自己或他的汗水味，世界上什麼都有可能發生吧！就算是兩個陌生人的氣味交織。可總是處於焦慮狀態的我卻意外得心安，或許是因為列車僅是個短暫的匯集所，它發生也錯過無數故事，有時候昏昏沉沉，醒來時前方打遊戲的少年及哭鬧的嬰孩也全都不見了。我想，在七十五億人口的流動裡再大概再也不會遇見他，所以我不用說話，亦無需企圖留下什麼好印象，這遠比和認識的人乘車自在多了。

猶記中學時候，自願填得毫無掙扎，自知沒有力氣認識新事物而決定了直升本來的女校，女校，女孩們相處的模式是自然而然的，勾起手、大笑，調侃誰誰誰又忘了把窗簾拉起來換衣服，身邊熟悉的她們亦是如此，我放鬆的聒噪，盡情展現自我的愚蠢，放肆的同時也深深知道不論如何都有一群人願意托住無用的我。

但偶爾竟也感受到濃濃的抑鬱，幾乎窒息般，無盡無夜的溫柔背後伴隨了失去自我的焦慮，自住校以來除盥洗外再無獨處的時候，所以不自覺把澡洗慢，向著時間，我反覆搓著早已消失的泡泡，站在冰冷的蓮蓬頭下，冰水沖出一道空隙，讓我在透明的泡沫裡呼吸。

究竟要的是什麼？

我和人們的關係是這樣漫不經心又在意，在不甘寂寞中依賴，同時尋找孤獨的縫隙。

也許我們都是這樣集矛盾於一身的人類，並以此自然塑成一個獨立的個體。

走下樓翻找著櫥櫃裡的可可粉，沖了熱水後尚未攪拌又急切的丟入冰塊。

曾經有個小女孩，看著大人的世界，天真以為長大了就會愛上咖啡和新聞，為未來不捨的同時貪婪眷戀限期的笑鬧。

然少女在倒入大量的牛奶和白砂糖後，終究無法認同這四不像的甜膩與微微苦澀，咖啡聞起來是迷人的，之於她卻不適合入口；而公民課時大家熱絡討論起世界的近況、國家的未來，少女依舊無聊，新聞裡日復一日的慘澹和政論到了腦袋依舊毫無意義，彷彿他們說了那麼多話皆與她無干，小黑格框起的世界令人暈眩。

也許仍舊不到成熟的時候吧！

於是捧著冰涼的可可，我毅然走向客廳，在昏暗裡陷於沙發的柔軟，把電視調到剛剛好的音量，剛剛好可以把美式卡通的歡快傳進血管裡。

這大概是生命裡最自由的時刻！溫室裡，不必計算人群間複雜的利害關係、不必在他們的目光中假裝堅強，我恣意綻放，無人能見。

因為不知所措，不偽裝是無法生存的，這亦是花草鳥獸的自然準則，倘若不夠強大。我也終究找到了自我與外在世界相處的模式：最小量化自己的存在感，彬彬有禮，算著距離、選擇雙眼落下的位置、調整微笑的角度、盤算開口的聲調，習慣成自然，裝得太久，我已忘卻自己的模樣。抑或這本是我最真實的姿態？

好累，就像無數次裸著身子，沒來由的哭泣，又用冷水沖去淚珠，假裝是雨，可以掩飾一切。

是了，那時候搖晃的火車外也忽然下起了雨，如細細銀針，刺穿了我的太陽，流出金色憂傷。

我只能躲在這裡，時間和光線之外。想像過無數次自己透明化後的世界，化成玻璃，碎成千萬片，割傷一顆顆真誠善良的心，它們如花，被毫不留情的順著花脈撕開。

「過分客氣。」她下了結論，而連我也不能接受自己的虛偽。

形同逐漸腐敗的花朵，獨自在角落凋零死去。

我的溫室下雨了。

而隱隱之間，在吵雜的電視聲中，我聽見窗外雨停。

個人簡介

黃芷瑩

高中女生，十六歲。
嘉南平原上緩慢的生活者，在理性和浪漫主義中掙扎，每天每天書寫逼近自我的過程，用文字告別時間、收藏分裂的自己。

得獎感言

來參加文學營是藉著突如其來的迷濛勇氣。

前一天搭著七個小時的火車，昏昏沉沉睡了又醒醒了又睡，一切焦慮不安在看到山和海的時候瞬間被吞噬。於是在凌晨三點的花蓮民宿寫稿，配著車站附近麵包店的蔓越莓乳酪和友人夢中的絮語。

謝謝一直以來陪伴我寫字的妳們，營隊裡那些互相舔舐的破碎靈魂，還有從未想過的、來自評審老師的肯定。

好像離文學、離自己又更近了一點呢。

巧克力狂熱

散文類　佳作

吳浩瑋

「聽我說，手牽手，跟我一起走，創造幸福的生活……」似乎所有人只記得蔡依林甜滋滋的歌聲，卻始終忘了作曲的陶喆，彷彿是一則隱喻，告訴大家，在一段感情裡，只要誰能把愛意唱得最抒情，便是付出最多愛的那個人。

我的幼年記憶大多發生在一家三口的白色小客車上，每張光碟片裡始終燒錄的這首歌曲，每趟去回的車程都重複著不下百遍的「今天妳要嫁給我」，老相本式地存在於我的腦中，儼然是我童年時代的背景音樂。也曾經以為，愛情只會是「嫁／不嫁」的選擇題，是看似高尚的結果論。

似乎，那天從台大醫院返還位居新店的家時，車上也在播著這首歌，歡樂而清脆，簡單易懂的時間，就隨著身後的道路，被輪胎碾了過去。那時在車上，母親靜靜摸著我額前，像蜈蚣一般扭曲的縫線，那道鑽進我肉裡的傷疤。這條疤痕起於一場事故——出自更早幾個月的夜裡，我在下車時被一輛機車給撞過去，還來不及感受到痛，只知道自己渾身腥血，掌紋遍佈浮凸的鮮紅，軍綠色外套上深的一塊一塊，驚悚的畫面頓落在我的腦海。母親總形容當時的情況「血像是關不了的水龍頭，一直流一直流」。

但想起這一團糟，我卻沒有那麼深的感受，或許是太幼小的腦袋無法處理過大訊息，「哪有這麼誇張？」我也總如是回覆。畢竟我四肢依舊，行動能力不損，連個電影裡常出現的輕微腦震盪都沒得。或許該說我是幸運，但也確實，我對那場車禍並未留下任何實感，一切場景都像夢，父母的哭聲像夢，混著血的夜色像夢，「嗡咿嗡咿」的車聲像夢，醫生像夢，針線像夢，留下來唯一能當作證據的創疤，拆線以後，更像是固態的夢境終於流溢成一灘血水，沖進水槽就消失殆盡。

只有一件事情，隨著那首〈今天妳要嫁給我〉被遺落在我身上。車禍以後，我的眼睛無法停止地眨動。我曾在動物頻道裡，看過蜂鳥的飛行，我的眼睛似乎也是同樣的狀況，上下眼皮渾似鬧脾氣的戀人，分分合合，時而擁抱，時而背離。當時父母嚇壞了，以為我需要收驚，帶我進好幾間廟宇，燒了好幾炷香，症狀未減輕，反倒過敏的鼻腔塞滿了黏液。眼看求神問卜無效，才帶我去台大醫院，看了精神科。精神科醫生並無多說，開了張單子，就把我轉到了神經科，像在轉手一袋垃圾。精神與神經，倒轉的詞序形同魔術，我不懂，只記得神經科醫生人市儈多了。

「你得了妥瑞氏症。」當時的我不會寫「妥」也不會寫「瑞」，只覺得這病真怪，有個類似舶來品牌的華麗名稱。我和父母都被嚇得一愣一愣，儘然醫生再三強調，我的病症只是輕微，仍掩不住我們一家對未知的恐懼。中樞神經異常，基因遺傳，過動症，強迫症，併發疾病，特殊教育，學齡前，霸凌問題，進一步檢查——這些詞彙在腦中孵化成嚙食心神的獾獸。但醫生的口吻卻異常輕快，反倒像個產品推銷員。

而在當時幼小的我，深深感到害怕的，是醫生在最後的叮囑。「啊，記得要多補充鋅，並且，會讓鋅流失的食物，比如巧克力，都不能吃。」

不能吃巧克力——這六個字像是洞，無預警地打在臉上，扳下了厭憤的開關。畢竟那時我對巧克力或其周邊製品情有獨鍾，喜歡那流溢進齒舌的香濃與甜美。對於不能吃巧克力，我頻頻抗議，大人卻不當回事。只見母親摸了摸我的額頭，把我的訴求當成孩子的玩鬧，車上蔡依林的聲音一派歡愉，交談卻也怎麼都輕盈不起來。「幸好沒什麼大礙，按時吃藥就好了。」這句話像水泥，時間愈久愈把我封固。

「哪能那麼輕描淡寫？」我捂著我的額頭，拖著長長的哭腔，向母親說，我想，我好想繼續吃巧克力。醫生的話卻像是緊箍咒，越是想，體內深處就越是傳來抗議，眼睛眨得更兇。但我繼續跟母親說，沒關係，我可以瘋狂眨一輩子的眼睛，分掉此生一半的光明，但請讓我也能吃一輩子的巧克力——我的傻氣，反而讓母親會心一笑。我當時不明白那個笑的含義，是在嘲笑我對巧克力的狂熱嗎？還是在揶揄我超乎想像的執著？

最終，在我對巧克力的不妥協，以及哭鬧中，獲准每個星期能嚐一塊巧克力，如牛郎織女七夕時才能見一次面。不過，多年以後，巧克力的醇香也漸漸從生活中淡去，我不再嗜甜，反倒喜歡稍嫌苦澀的黑咖啡，去買手搖杯時都習慣讓店員調整成無糖。純度太低的巧克力而今對我毫無吸引力。

這些年裡，我也早明白「妥瑞症」該怎麼正確書寫了。第一個字，正是「妥協」的「妥」，「爪」下面是一個「女」，然而——我卻始終無法學會該如何妥協。

「無法好好愛人。」這句話有當年神經科醫生的口音，出現在恐同論壇，也如在推銷一種產品，我始終不明白那產品是怎麼一回事，是能改變天氣嗎？還是把全家都咒死？仔細一想，也才發現，〈今天妳要嫁給我〉偏偏用的是女字旁的「妳」，怎麼沒人說是異性戀霸權？現在，我仍抱有完整的四肢，健全的行動能力，沒有腦震盪，妥瑞症也在國中以後堪堪好轉。但大家都說，我的靈魂是錯置殘缺的。只因為，我喜歡上了坐在隔壁的男生，跟我相同性別的人。

那個男生人很溫柔，真的很溫柔。似乎這個優點就能補足天空缺失的某個角落，我把自己吊掛在他的蔚藍下。看他笑笑的，就是乾淨的晴天；而若當他難過，我頭上就被擰了一抹布髒水。這樣的喜歡，自是發生了，宛如煙火施放，收也收不回。每個深夜，都必須偷偷想到他疏朗的臉部線條，雛月般彎曲的眉毛，讓人安心的笑容，有點胖胖的身材，圓滾滾的體態，無不讓人歡心，無不讓人傷心。他彷若當年我所不能妥協的巧克力，對他，我也漸漸無法妥協。

我忽然猜想自己其實是不正常的。

初嚐暗戀滋味的我，開始對許多事情都力不從心。當時正值高中升學的考試季，當所有人致力於翻閱間細微的字句，我在讀的，卻是他略帶青春痘的面孔上，肌肉零件似的變化。這已然是奢侈了。我們的座位靠窗，午後一陣風，就吹落了所有碎光，波紋式地附著在紙上，而紙上，全是素描，我在作業簿、筆記本、甚至是課本裡，畫滿了他的側臉，像在觀察月亮日日減損又豐盈。

然而，這一切始終在我最深處，混濁成一種粗礪且野獸的情感，它的名字叫「羞恥」，喜歡上和自己擁有相同性徵的人，讓我感受到難以消化的不自在，父母承襲著傳統的觀念，自是與我的理想不符的，漩渦狀的拉扯，頓時把我的生活撞成兩個悖異的落差，妥協是紅線，不妥協仍是紅線，我未曾學過拆彈，只能任意猜想我的未來通往哪一種形式的爆炸，不會成功，且必成仁。

我也永遠記得，學測前一晚的那場引爆。

我喜歡的男生，跟他鍾意的對象，在我們看完考場後，出現在校門口的轉角，這一幕恰好被我給撞見，冰晶似刺進餘光。睫毛發酸，卻始終哭不出來，我搭上返家的車程，窗子一幕過著一幕，把周遭景色甩開，我跟他以反方向高速離去，我卻覺得，自己始終有一部分，一塊東西，落在他身上，沒能帶走。

我不知道那東西什麼，只知道，累了，就要閉眼，隔天還有重要的考試。

一閉眼，傳來的卻是蔡依林有勁的嗓音。想起去年年末，她睽違已久發佈的新專輯。「生為人無罪，你不需要抱歉。」這樣暢速的歌詞，配上快節奏，聽來卻讓人想冬眠。想一睡就睡半輩子的覺，正如當年我對巧克力的誓言，如果我犧牲一生一半的光明，真的能就此嚐盡他的甜嗎？也是到了之後才明白，原來巧克力本身是極苦澀的，要等待加滿了砂糖與牛奶，逐漸妥協自己黑色的那部分，才真正意義上成就了惹人幸福的甜食。

我的初戀在這打擊下縊死，沒有結局的告終，也未曾被允諾一場洗刷，能清理我髒枯的容顏——這次要多少年，「愛」才能像「妥」一樣被正確書寫？又要多少年，他才能像我一度酗愛的巧克力，讓我再也不嗜甜？

「冬天的憂傷，結束秋天的孤單，微風吹來苦戀的思念。」搖搖晃晃的夢裡，黃昏暈染起，童年的車上，歌詞裡，原來也有這麼一句話。

個人簡介

吳浩瑋

筆名吳彧。修業於世新大學圖文傳播暨數位出版學系。

二〇〇一，生於晚冬，常常因為生日跟村上春樹同一天而不小心得意忘形。

曾獲新北市文學獎、全球學生文學獎、東華奇萊文學獎、台積電青年學生文學獎。

得獎感言

「親愛的，不要隨便愛上別人。」

佇候港口的高帽釣者告訴我，有人愛的時候像在進食，有人愛的時候像在靜候馬戲班，有人愛的時候把一整個雨季用落日燒乾，有人愛的時候是缺邊的夏季大三角，有人愛的時候不唱歌，有人愛的時候想死，有人愛的時候像死，有人愛的時候寫詩或者被詩寫（失血亦然），有人愛的時候忘記向流星許願，有人愛的時候慢慢年輕，有人愛的時候慢慢衰老，有人愛的時候偏頭痛，有人愛的時候失去頸子以上的器官，有人愛的時候會飛，有人愛的時候墜落，有人愛的時候沒人愛，有人愛的時候有人愛，有人愛的時候有愛。等等。「『有人愛』究竟指涉『有人愛人』還是『有人被愛』的時候？」

釣者沒回答就在傍午死去了。

糖發

散文類 佳作

彭彥鈞

久一陣子沒回台東老厝，晃眼外公過世兩年了。新的柏油路填平了積水的土坑，母親給的住址還在，但沒人在家。

小時候家附近的籃球場經營起一家咖啡館，灰泥色石磚牆配上原木長條的門框，一塊不規則形狀的梨木招牌烙著手寫毛筆字，深棕透明的玻璃門內掛著營業中，網路評價接近五顆星，室內氛圍舒適宜人，平日星期二固定公休，假日偶爾會舉辦換書活動，只要從家裡提供一本書便能帶走店內的書目，若額外付二十元能享用一盤手工麥芽糖餅乾，很多網友推薦。一位年輕母親牽著學齡中的孩童推開方形黑色門柄，風鈴輕盈地捎來夏日裡純淨的聲音，星期六的午後太容易偷懶，米白石子鋪成的小徑壓在低矮芒草地中，我雙腳才剛踏上風鈴又響，一位老人抱著幾本泛黃的書封步下階梯朝我點頭，我以微笑回應，並不假裝。蟬聲在身後沙刷地鳴，整座日曬後的庭院鵝卵石圓滾地酣睡彷彿是一種禪的意境、慢的規律，星期六的午後常令人不自覺回憶時光，比方說童年，也許是國二的夏天，我盡量安靜轉身把門關上，老人的背影在墨色玻璃外顯得模糊，搖晃地走遠，他讓我想起外公。

木頭製書牆上有一本關於麥芽糖的舊版食譜，餅乾那頁夾著失去黏性的標籤，我記得外公也有一本。

那時父親還未調職新竹，原本外公打算將家傳的製糖事業託付給父親，但熬煮麥芽糖的過程不但炎熱，還需耗費大量的體力與精神，父親總委婉地拒絕。記憶裡外公很勤奮，清晨便提著鐵茶壺與兩顆白饅頭至農田照顧小麥，中午會先繞去市場選購糯米再返家，換過乾爽的短衫便忙碌起熬糖的程序，外公習慣置電風扇於廚灶門口，通常往外吹，熟練地說那樣鍋爐的溫度會比較好控制，他用手撥落額前的細圓汗珠，像似乎他總是有辦法忍耐溽暑的高溫。

製作麥芽糖前必須先將洗淨的糯米用電鍋悶熟，再混入切碎的麥芽使其發酵三個小時直至轉化出汁液，再用大火煎熬成濃稠狀，我喜歡看外公持大鐵勺熬糖，他常說糖發之後，必須持續攪拌以免旺盛的柴火使爐底沉澱的雜質與澱粉結晶燒焦，同時得專心地注意糊狀麥芽糖的黏稠程度，一旦經驗足夠也可以透過氣味分辨溫度對糖的影響，問他有沒有祕密撇步，外公每次都笑得燦爛答沒有，他說順時針方向或逆時針都沒問題，重點要用心等待糖漿逐漸成形，關火冷卻，基本的麥芽糖便做好了。

小學二年級有一次我好奇想幫忙，結果手臂不夠強壯，攪動的速度太慢導致一部分麥芽糖焦黑冒煙，我慌亂地拋擲長勺，幾滴麥芽糖滴落地面著了火，外公皺著眉大聲喝斥我停下所有動作，臉色鐵青，用粗糙的手掌把我推開鍋旁，我躲在他身後發抖，他用兩隻手各持一條抹布抬起鍋爐將殘餘的糖液倒入較小的金屬鍋繼續熬煮，那天下午他異常沉默，沒有再罵過我，但他後來再也不讓我靠近鐵鍋。

我向後退，卻不小心撞倒電風扇，轟的一聲，扇葉旋轉刮著水泥地面，三片塑膠碎得遍地都是，我摔坐在門前放聲大哭，看見外公閉起眼睛，眼角的反光不確定是汗水還是眼淚，不過他應是以餘光望見我的不安，那時年紀太小還不懂自責，但我知道自己闖禍了。

外公清掃角落的任何碎片，蹲下身摸著我的臉說，種麥芽比熬糖辛苦，任何一粒糯米也非常珍貴，糖發後要珍惜，不能失敗，你要聽話，下次煮糖不能慢也不能急。

外公的指紋像乾燥的絲瓜，我稚嫩的臉頰被他撫觸得刺熱紅脹，當下只聽得見自己的哭聲，也不明白阿公說的那些名詞間的關聯，我只知道，客家話的糖發就是要聽話的意思。

「糖發了沒？」外公這時候逐漸不認得父親，他問，他忘了自己的名字，他不會寫。

國二那年夏天外公被診斷出阿茲海默症，那晚我走進母親房間打算問英文題目的問題，但眼前的母親哭腫了眼睛，眼淚很緩，雖然無聲，但臟器若似被硬生生地扭折，她說外公被送進安養院了，沒有人反對，雇用一陣子的外籍看護前些年常被外公打傷，她偷了一筆錢，接近大考的寒假被舅舅解聘，母親的姊妹們都無暇照顧年邁的外公，她和父親討論將外公接回家裡照顧，但父親並沒有答應。

於是，輪流去安養中心陪外公散步、聊天便成了母親姊弟妹們的默契，偶爾假日有空母親會把外公從台東接來新竹，我們因此有了幾次小型的家庭旅遊，印象很深刻，外公只要一看到手錶廣告的雜誌封面他便會閃爍著眼睛向我們介紹那是他拍過的相片，那雙眼睛直盯著人像，像他熬糖時的那股自信，有一段時間我很納悶為何母親總配合著外公笑著說對，就算真的有，也很顯然不是這本，他左手腕上的錶帶是不同品牌。不過我也常跟著母親笑，那時候外公會逗趣地模仿雜誌封面人物的臉部表情，例如板著長臉。

某年台灣飄霰的冬季外公真的不笑了，大家探望的次數變得頻繁，母親說外公眼窩旁的割口是某天晚餐時間坐在輪椅上摔下樓時受的傷，年紀最小的阿姨想替外公找服務更周全的機構，她比任何一位看護都還細心。母親協助阿姨從後車廂搬出一大箱冬衣，她請我為外公戴上毛帽，自己則坐在床邊的皮革椅上和他說話，儘管外公插著點滴、闔著眼，但假如近看就會發現其實他嘴裡不停默唸著沒有人聽懂過的語句。

父親電話來提醒時間，我從外公房間門外走近床邊和母親說，媽我們該走了，母親吸回鼻水再用指腹抹除眼下淺鑿的淚痕，她眼眶濕潤腫脹，我猜有一種紅是疲憊與不捨的痛。母親她很堅強，關上門前她推了我的肩膀叫我去和外公再見，步近病床，我像小學那天下午從廚房門口跑向外公，牽住他的手如我曾經接過他手裡的鐵勺，感覺眼皮被他食指節上的舊繭劃開，我以為自己有遺傳到母親的堅強，但我想我們都像外公，企圖挽回那些自己沒做好的事卻一敗塗地。我說，外公我們要回家了，有空再來看您，突然手心莫名地被一陣外力握緊，我能感受他試圖想告訴我一些事情，彷彿正在努力記起什麼，他的嘴唇仍在動，糖發、糖發我模仿他上齒咬住下唇的動作，可能他要我聽話，而我要自己減少悲傷，我顫抖地快把嘴唇咬破，看見一球淚從外公眼角滑落至枕頭表面，然後很快地被棉布吸收。他幾乎忘了所有，連生活能力都變得特別虛弱，我並不明白得到阿茲海默後他究竟記得了什麼，但很肯定的，他知道家人與看護的差別，他不喜歡這裡，沒有人喜歡，他也正用自己的方式在抗議，而又有誰能接受到他傳達的訊息呢？他總是瞪大著眼睛，這晚很冷，我透過眼裡盛滿的淚水看見外公的臉，母親在門口等，關上門前，外公的身影在房間淡暗的一隅中縮小，我從來不曾抱過他。

以前過節，外公會去公園裡採幾朵桂花揉軟，混入麥芽糖裡做餅乾給孫子們吃。

我進過他書房，就是那次闖禍之後他帶我去看書，拿了一本有豐富圖片的彩色印刷書，那時候不曉得食譜，也只認得書上某幾頁有餅乾圖片的主題，那很好吃。

隨意翻閱了食譜，我從托特包裡拿出近期購買的內容有點太過浪漫的詩集，再從口袋裡找出二十塊銅板前去櫃檯交換。再給我一杯桂蜜綠茶，我對店員說，那是兩位很親切的女孩，戴圓框眼鏡背向我的那位目測年紀稍小，她優雅地為我包上塑膠透明書套，讓整本書視覺上更年輕，我說了謝謝，拿著茶與餅乾到窗邊的雙人木桌坐下。

酥脆的餅皮在嘴裡軟化，純麥芽糖不會黏牙，喝口綠茶，桂花釀的淡薄酒香在餅乾碎塊中流竄，直通鼻腔。外公常擦著脖子上的汗對小孩子們說，糖發了就有餅乾可以吃，大家便會刻意站起來向外公鞠躬道謝，然後再像花束般擁抱他。

綠茶微冰，很久沒吃麥芽糖了。

持相機拍窗外榕樹時有一群學生走進。約是今年高中的新生，他們討論著暑假作業與近期剛上映的電影。

走出店口，一股夾帶沙塵的熱風，室內外溫差極大，我揉了右眼。

外公去世當晚我沒去醫院，那年大考前的秋風異常乾燥，外公離開了。淚水溫濕像悲傷從整面臉頰滲透出來，卻被空氣蒸發，我想抓緊什麼卻無能為力，拿錯了鉛筆，有點想他。

個人簡介

彭彥鈞

二〇〇二 秋
新竹人，十七歲
覺得美式咖啡太苦
習慣抹茶、拉麵和菠蘿麵包
為了練習告白而寫詩
企圖量化悲傷而讀散文
因為時光必須是本小說
所以人，不可或缺地活著
喜歡旅行，不擅長攝影
文字若能有共鳴，記得別傷害自己

得獎感言

剛睡醒，收到信的時候，外公離開兩年了。

營期前兩天和Z提早去花蓮旅行，在咖啡館待了整個下午，寫了一些詩發表在網路上，想說也許在新竹的他看到了，按了愛心，變好的。我想，每篇作品總會有它的歸屬，這篇佳作，應該是外公送我最好的生日禮物。

外公也是客家人，而糖發，是客語中聽話的意思。

老年癡呆之後他的情緒變得很暴躁，去世前在安養院裡又變得溫和，我去看過他幾次，有時他在喝粥，有時睡覺，有時什麼也沒做，看著我們。那次他真的哭了，冬天，十二月，晚上七點多天已漸黑，他房間的立燈仍亮。如此回想起來，我似乎不曾抱過他呢，他身上總有股味道，大概像這篇文章。

每個人都有想用文字記得的人，例如懷念外公，例如我喜歡你。

散文類得獎評審意見

〈紅茶〉

李欣倫

散文的初寫者，通常習以「我」或圍繞著「我」開展主題，如父母、手足、愛戀的對象，因為寫身邊熟悉的人來得容易掌握，也易於說服讀者。相較之下，旁觀並描寫他人的生命故事遂來得困難，若資料不完整，容易被找出破綻，而這次入選的文章當中，〈紅茶〉就是挑戰寫「我」生命圈之外的；他人的生命故事。

〈紅茶〉整篇只談一個故事：小時候的「我」的街坊鄰居小月奶奶和他的兒子阿義，兩人以回收維生，作者對兩人著墨並不多，主要陳述的是小月奶奶的死，和阿義被發現屍體時胸前綁了小月奶奶最喜歡的紅茶鐵罐，當眾人多以負面揣測、解釋死因，同時快速忽略這兩樁死亡事件時，作者敘說十歲時看到的母子相處片段，這個在窗外窺見的畫面如溫暖燭火，在暗黑且粗糙的流言中擦出一朵光亮，同時也為整個輪廓朦朧的故事，找到了一個有力的支撐點，是我以為故事最動人之處。更進一步的，作者觸碰到死亡及社會關懷議題，沒有說理或論辯，而是輕巧的以童年目睹的溫暖畫面作結，化沉重為輕快，結尾收得好。

〈紅茶〉讓我和翊峰討論到散文的邊界和框架，尤其是這篇文章中的虛構性和小說敘事技巧，然散文的虛實難以驗證，且新世代的嘗試和實驗，總將散文邊界又往外拓展了一些，讓讀者看到散文的多重可能。無論如何，這是一篇好看的、動人的旁觀他者的故事，最可貴的是作者見人所未見的那一方溫柔風景。不過，相較於「紅茶」，「紅茶鐵罐」較貼合主題，且文中關於小直的死，也期待繼續深入發揮，提供作者參考。

〈溫室裡正下雨〉

高翊峰

這篇散文，寫著脆弱之人的靈魂如何錯落於不安的日常。作者沒有特別要彰顯的故事，沒有特別要表露的寫實訊息，留下的外部線索只有少許，但足以引誘野雀，一步跳一步，去啄食地面的麵包屑，走入陷阱。初讀，會是一陣不停歇的自我對話；讀後，會被內向靈魂的繚繞之音給吸引。敘事者我，身於現實，卻與之永遠存有不可計量的距離，造就了保存自我的溫室。如此與人的距離感，造就了這篇文章的閱讀節奏：我與他類活者一種格格不入的變奏。

因為失去了傳統的外部描述，這類的抒情文，經常被放置於內向世代的喃喃囈語之境。時間久了，評述多了，如此意識流動的情感，就也經常被忽略。但能寫就如此，其實是捕捉了另一種節制。這類試圖以抽象捕捉抽象的嘗試，難易度並不亞於借物之作，依舊考驗著寫者操作文字文本的能力。內向世代敘事風格的光譜，其實古典，無需論辯。在恍惚與靜止之間，我知道自己一直都會等待〈溫室裡正下雨〉這類細緻與精準撫摸靈魂的抒情敘事。

〈巧克力狂熱〉

李欣倫

〈巧克力狂熱〉以巧克力為主題，開展出兩個層次的故事：包括因妥瑞症而被禁止吃「會讓鋅流失」的甜食如巧克力，其次則是同性愛戀（暗戀），作者將兩者巧妙的對照，並不時扣準題目，點明其狂熱所在，進而以童年時期的流行歌曲將兩個故事若有似無的串連，形式、結構皆屬完整，足見作者用心。文中有對愛、對病的困惑和調侃，例如精神科醫師將童年的他轉診至神經科，作者幽默的形容為「倒轉的詞序形同魔術」，荒謬，卻易令人笑出眼淚。文末寫到：「這次要多少年，『愛』才能像『妥』一樣被正確書寫」，神來之筆，觀點犀利卻又點到為止。此篇散文將巧克力從具象寫到抽象，意象明晰，搭配輕快的文字，然青春之筆中卻潛藏老練目光，展現了對愛、對病、對生命的深刻詮釋。

〈糖發〉

高翊峰

〈糖發〉是對一次對於逝者話語的重新臨摹。直接、簡約，進而累積出深刻。作者以散落的記憶堆積出對於家族老者的緬懷，這是常見的抒情文技藝；這個故事的部分段落也觸及製糖的傳統經驗，將經驗轉化接軌文本，引出不至於喧鬧的情感，是令人有感觸的寫文。如此借物寫人的作品，本次入圍中的另一篇佳作是〈小黑〉，兩篇作品都能透過散落的記憶集合另一層的情感，但在選擇取捨上，十分可惜有了遺珠。私自對兩位作者的未來有相同的期待與等待。

這篇抒情文是作者十分古典地追逐記憶的表述過程。其中隱約指向一個古典的命題：少數經驗隨人逝去之後，在未來將無可複製與重現。這或許是逝去之人結合逝去之物必然的抒情標的。但能夠以文記錄寫下，依舊值得慶幸。因為文字尚在，聲音尚未逝去，話語也尚未被遺忘。一如糖發的客家語文諧音之意：聽話。我想跳出糖發與聽話的表層，將這寓意擴張解讀為「聆聽逝者話語」，或許是這篇文章更有引力的所在。

日常提問

新詩類

首獎

蕭宇翔

詩人難道都是盲眼的嗎

坐對一架鋼琴
窗外一眼不看
便問：石頭是什麼
森林中的鹿又是什麼
而樹，像座巴別塔
沒有入口

彷彿失去艱澀，就不算生活

石頭中有苦行的僧侶
鹿蹄上有甲骨文
而琴鍵，持續敲鎚的單音
多像樹皮的顏色

與今日延長的枝椏
在葉面上有譜

但爺爺，給我簡單地說說

今日是什麼
早晨出門時的陽光
對你而言，是駛出隧道時
那種直截的白嗎
春天和胰島素
是不是同個顏色

您說夕陽，是不是比黎明更閃

話筒那頭

日常的淡慢中
您的嗓音，是否
像牆上的分針
調皮地，走快了
半個刻度

詩人應該是，瞪大著眼的嗎？

個人簡介

蕭宇翔

蕭宇翔，生於一九九九年小寒，上升射手、月亮處女。現就讀於東華華文，寫詩以將心結紀事。

得獎感言

學生又再次叨擾。羞愧地說，這是第四次投稿貴獎，自高一開始，學生首次參加營隊，盛夏如滴水清澈，第一堂課的蟬聲與鈴聲猶可穿石而來。大家紛紛站起，介紹自己，這些語言充滿啟蒙的刺激，文學的面孔自那時開始生動。

對學生而言，文學應是極其日常，而又是日常之極，以細膩情感挖掘生活瑣碎。這種瑣碎體現在寫作，起於一些疑問，終於另一些疑問，文學如穿針之線試圖串起些什麼，而不是回答些什麼。自我質問，如在編一件《百年孤寂》裡永遠織不完的壽衣。結果是不重要的，若縫合完整，作品也就死了。在〈日常提問〉裡，學生想表達的即是這種狀態，創作與生活，如兩條頭尾相連的貪食蛇，同時吞噬彼此、延展彼此。

環礁考古

新詩類
佳作

盧冠宏

走到環礁的缺口，海風起
「為了伴著光擁抱。」你回答
潮起潮落的沉默
遮不住的白色絮語
：可是我的生命已不足以
供應淡水魚生存。
然而，你用擠青春痘的那種
粗暴而溫柔的手法
想把我膿黃的憂鬱擠出來
即使我說過，祕密畏光……

——卻終究還是被你的目光鑿了一根岩芯——

記憶層層疊疊的沉積，而心事都源自斷層
所以你提議再繞環礁一圈

以便了解各種笑容蘊藏的紋理
我們用足印盛裝時間

「你看，在我們還能呼吸夢的年代
水杉和水韭會朝著天空唱情歌
我在夢沼漫無目的地裸泳
沼泥會輕吻每一寸髮膚
接著因為想要賞月開始爬樹
演化出適應現實的肺
水韭的目光推著我向上，笑聲向下
水花帶走時間，滲入永恆的次級品
在現實和夢的潮間帶，這裡
我潮濕地呼吸、歌唱，和幻想
從不用擔心杉木和韭草會遠行
在一切石化之前。」

「你看，在記憶漫天飛揚的年代
我被拖入深淵後吐出一具負罪的乾屍
那裡原是豢養心情的綠洲
意識仍習慣性地把自身存在摺好
作為卑賤的燃料進貢給烈陽
儘管想過把五體全託付給地心引力
卻被強制和枯木一起在世界的邊緣罰站
（別擔心，我沒事）
我即將溺斃於乾涸的熱浪
記憶悶燒的輕煙徐徐
試著在虛空抓住任何救贖，然後徒勞
因為時間正把它拉成一條鋼絲……
然而最後也石化了。」

走到了環礁的另一端
我已確信你明白我立體的笑容
不必擔心你看不見我身上的斷層
你輕推潮水帶來的砂粒
環礁的缺口就此弭平
熱帶魚在微笑，海水稀釋月光
我決定和你練習留下足印
作為後人考古的材料

盧冠宏

一九九九年生，台中人。

平常會幻想那些熙來嚮往的車頭，從他們的表情，詮釋出屬於他們獨一無二的murmur，只不過現在在大學裡看不到太多車子，只好把詮釋的對象轉為那些透著文字呼喊著中二主張的熱血大叔們（也是有大嬸啦，希望他們中二的呼喊也能和大叔們一起被聽到）。

得獎感言

以前讀國中高中的時候，總是會興致沖沖地為得獎感言擬稿，然後才發現文字織出的形象，對自己顯然是過太大了，我像是收拾再也不想穿的衣服一樣，把那些文字偷偷塞到沒人看到的角落，在可以理直氣壯地犯尷尬的時候。這下尷尬了，當初的那些狂妄早就被吞食到只剩一些棉絮，要拿什麼來表示自己的感想呢？

生命之初，是沒有人理所當然地願意給你愛的，除了父母，還有對某些人來說，他們信仰的神。然而生命之中不斷地累積各種紋理與斷層，朋友、愛人、陌生人，生命中接受到的各種愛，使得我們的存在漸趨真實，直到有一天，人會意識到自己的表層下，有多麼錯綜複雜，那些愛你的人也是。

謝謝評審的厚愛。

謝謝那個願意和我繼續散步的你。

流放

新詩類 佳作

陳琳

路燈拉起手，交錯間
勾勒出城市輪廓
連最黯淡的燈都擁有編號
黑暗裡的人
眼眸熠熠折射星光
卻沒有名字

在夢的邊界遊走
清晨時，沒有身分的人
被驅逐出境
在只有光的城市裡
不該存在太多色彩

市中心，沉沉的窗簾
掩住唯一的暗窗

白日裡，失語的人微笑
沉默並穿上適宜表情
開始遺忘，其實
也曾擁有獨特的名

善於遺忘的人仰頭
估量未來的時刻表
在每個停等的間隔裡
你感覺自己逐漸透明如
晨光裡旋轉的塵埃
纖細的髮逐一清晰
精準的無所遁逃

流放在真實與夢的疆界
抵禦已然出走的名

你成為那天夜裡
最後點燃的火
妄圖燃盡
整座城市引以為傲的
最後的光

個人簡介

陳琳

高師大國文系，嘗試在生活裡換氣。

臉書專頁「粼粼 linlin」，曾獲高雄市青年文學獎、高師大南風文學獎。

現為風球詩社成員，並為「詩．聲．字」粉專評析作品。

作品散見於有荷文學雜誌、幼獅文藝。

得獎感言

很幸運在某些無光的夜，得以用文字點起微小的燈火。

謝謝這一路上，遇見的你們。

臣服

新詩類佳作

茜草

1

不會有理由，
怎麼會有理由。
踏上階那刻，
蟄伏許久的大雨像快刀般落地身後，
整路追趕逃離的我，
最後只能紛飛在窗外的風中，
是誰？
偷偷看顧我的腳步。

2

找不到答案，
怎麼會有答案。
明明已經錯過花開時節，
卻執意迷路，

喘息在山坳轉角處。
抬頭望見誰家後院，
留下一棵調慢時間的樹，
是誰？
成全我的任性追尋。

3

我想一定是你，
初見時狂妄的直視入心，
未曾眨眼。
無禮地挑勾，
遺忘在抽屜深處的糾纏苦藤，
一圈，
一圈，
綑綁收緊，

在幾近窒息的時刻，
溫柔輕喚，
為我拔除嵌進肉裡的刺。
抹過那面鏽蝕霧鏡，
逼我看清，
身後跟蹤的影。

4

在他說的六個巧合發生後，
這道路的景色變得異常殘忍美麗。
帶紫的藍，
已經生出的複眼。
開始直視針刺進血管的瞬間，
清醒撫摸痛的路徑，
不再祈求走出迷霧森林。

眼前灰墨加深的遠山層疊，
卻是閉眼，
才能看見。
不會有結果，
怎麼會有結果。

個人簡介

茜草

取名茜草。多年草本生，在靠近地面的高度隨處可長，緩慢卻持續地用不顯眼的倒鉤攀附到他處，沒有固定居所。

喜愛寫作猶如茜草根，中藥學用來化瘀止血，去了根，就繼續前進，若幸運被另作染劑使用，也能留下染著絳紅色的美麗佩巾。

得獎感言

寫詩對我來説是一種自由，是抵抗溫度隨著時間變冷的方法，特別是那些無法言説，抑或在內心掙扎而不斷對生命提問的部分，創作即成為出口。

特別的是，詩也像攀藤植物一樣，會隨著時間自由生長，因為這首原本無題的詩，隨著我的生命體驗不斷延伸，讓我在幾年後才真正體悟到「它」到底是什麼。

相隔一年參加文學營，再度幸運地拿到佳作獎項，感謝評審與印刻，讓我的詩有機會被更多人閱讀，只有微小的期盼，它會在閱讀者心中，像微風般輕撫過某段記憶的皺紋（雖然對寫作者來説，通常是一場颶風）。

新詩類得獎評審意見

〈日常提問〉

楊澤

對年輕詩人而言，世界宛然有詩與非詩的兩面，黑夜白晝般絕不相交，也因此，那初萌芽的詩心常帶有幾分「苦澀」在。李賀的故事：騎弱驢，背一破錦囊，漫遊覓詩句（見李商隱撰〈李長吉小傳〉），實在是太有名了，幾乎可以拿來當現代詩史的一面鏡子。所謂「從來只為覓詩苦」，說的便是這麼一回事：覓是苦，不覓更苦。也就是，作為詩神的乩童，年輕詩人被迫永遠在詩與非詩的世界間折騰不已，他的靈感來得快，去得也快，不過由於尚未練就老成「詩筆」才有的那份貫徹力，往往飽受「有句無篇」之苦。究其實，即使李賀這樣少見的大天才，鬼才，也不例外。

這是首詩意玲瓏，介於可解與不可解之詩，何況年輕詩人一開始就毫不含糊的告訴讀者，詩的「艱澀」來自生活本身，是不得不然的。第四段劈頭二句，「石頭中有苦行的僧侶／鹿蹄上有甲骨文」，卻是清新可誦，令人嘆賞，在我讀來幾乎有「眾弦俱寂，你是唯一的高音」之感。可惜，底下四行顯得略略費解。

所幸此作後半，以（已逝的）「爺爺」為提問對象，總算將作者自言「艱澀」的詩意，一步步引導到一個明朗得多，也溫暖得多的生命境界來。其中「您說夕陽，是不比黎明更閃」一句，堪稱有畫龍點睛之妙。

〈環礁考古〉

羅智成

這是一首充滿創作熱情的作品。

作者試圖把某種地質學上幽深遙遠的記憶，和自己幽微隱蔽的心緒共構出斑斕嶙峋的內心風景。在此，有溫柔的生物演化以及海陸交會處的徐徐和風，還有呼之欲出的秘密。

整首詩充滿了述說描繪的熱情、豐富的想像力，以及瑰麗動人的意象，令人目不暇給。但是也有不忍割捨、不知剪裁以至於訊息雜亂、冗贅反覆的問題。

INK PUBLISHING

日常提問

二〇一九全國台灣文學營創作獎得獎作品集

作　　者　蕭宇翔、明星辰、鄭思曠、黃筱嵐、吳浩瑋、向美英、黃芷瑩、彭彥鈞、盧冠宏、陳琳、茜草
總 編 輯　初安民
責任編輯　林玟君
美術編輯　林麗華
校　　對　林玟君

發 行 人　張書銘
出　　版　INK 印刻文學生活雜誌出版股份有限公司
　　　　　新北市中和區建一路 249 號 8 樓
　　　　　電話：02-22281626
　　　　　傳真：02-22281598
　　　　　e-mail：ink.book@msa.hinet.net
網　　址　舒讀網 http：//www.sudu.cc

法律顧問　巨鼎博達法律事務所
　　　　　施竣中律師
總 經 銷　成陽出版股份有限公司
電　　話　03-3589000（代表號）
傳　　真　03-3556521
郵政劃撥　19785090 印刻文學生活雜誌出版股份有限公司
印　　刷　海王印刷事業股份有限公司

港澳總經銷　泛華發行代理有限公司
地　　址　香港新界將軍澳工業邨駿昌街 7 號 2 樓
電　　話　852-27982220
傳　　真　852-31813973
網　　址　www.gccd.com.hk

出版日期　2019 年 10 月　初版
ISBN　978-986-387-319-8
定　　價　199 元

國家圖書館出版品預行編目資料

日常提問
二〇一九全國台灣文學營創作獎得獎作品集
／蕭宇翔等作；初安民總編輯.
--初版 .–新北市中和區：
INK印刻文學，2019. 10 面；　公分
ISBN　978-986-387-319-8（平裝）
863.3　　108016450

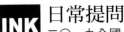